मुहब्बत का जहांपनाह

मुहब्बत का जहांपनाह

दयानंद पांडेय

प्रलेक प्रकाशन प्रा. लि.
Pralek Prakashan Pvt. Ltd.
in Associaton with JVP Publication Pvt. Ltd.

ISBN : 978-93-90410-02-6

पहला संस्करण : अप्रैल 2021

प्रकाशक :
प्रलेक प्रकाशन प्राइवेट लिमिटेड
PRALEK PRAKASHAN PVT. LTD.

वितरक :
जेवीपी पब्लिकेशन प्राइवेट लिमिटेड
JVP PUBLICATION PVT. LTD.
602, आई-3, ग्लोबल सिटी
विरार (वेस्ट), मुम्बई, महाराष्ट्र-401303
दूरभाष : 9833402902 / 7021263557
Email : pralek.prakashan@gmail.com
Website : www.pralekprakashan.com

मुहब्बत का जहांपनाह : दयानंद पांडेय
Muhabbat Ka Jahaampanaah: Dayanand Pandey

आवरण : जेवीपी पब्लिकेशन प्रा.लि.
पुस्तक सज्जा : प्रलेक प्रकाशन प्राइवेट लिमिटेड

मालिनी अवस्थी के लिए

दयानंद पांडेय की ग़ज़लें

✍ **ओम निश्चल**

दयानंद पांडेय का रचना संसार विपुल है। वे पत्रकारिता के रास्तेद होते हुए साहित्यद की बारादरी में पहुंचे हैं इसलिए एक पत्रकार की नजर से खरी-खरी कहने और तमाम राजनीतिक मसलों पर अपनी तरह से विचार रखते हैं। वे सिद्ध कथाकार हैं। लोक कवि अब गाते नहीं, अपने-अपने युद्ध, दरकते दरवाजे, मैत्रेयी की मुश्किलें और जाने-अनजाने पुल जैसे एक दर्जन उपन्यासों के रचयिता व एक जीनियस की विवादास्पद मौत, बड़की दी का यक्ष प्रश्न जैसे दर्जनों कहानी संग्रहों, संस्मारणों, कविता संग्रहों, निबंधों इत्यादि के लेखक। उनके कथाकार की सिद्धि यह है कि जिस भी विषय या चरित्र पर उन्होंने किस्सागोई का ताना-बाना बुना, उसमें वे पूरी तौर पर डूब गए। एक बार उन्हें पढ़ना शुरु करें तो आप उनकी कहानी या उपन्यास अधूरा नहीं छोड़ सकते। उनके कई उपन्यासों से गुजरा हूँ तथा पाया है कि चरित्र चित्रण में वे लाजवाब हैं। वे लिखने लगते हैं तो शब्द जैसे उनके विचारों का अनुधावन करते हैं। अतः इस प्रवाह को थाम सकना उन्हीं के बूते का है। वे एक बैठकी में एक उपन्यास लिख सकते हैं। उन्होंने पत्रकारिता में रहकर समाजवादियों, मार्क्सवादियों, संघियों सबका चरित्र देखा है। वे किसी लेखक की कलई उतारने पर आमादा हो जाएं तो एक बैठक में उसका सारा मुलम्मा उतार दें तथा बेईमानी से कमाई चमक का सारा राज़ उजागर कर दें तथा किसी लेखक के चरित्र को चमकाने पर आ जाएं तो उसकी निगेटिविटी से भी सकारात्मकता के बिन्दु तलाश लें, हालांकि ऐसा वे कम ही करते हैं।

कभी उन्होंने लोक गायक बालेश्वर पर एक उपन्यास लिखा था। चूँकि वे लोक गायक के प्रशंसक थे इसलिए उनका जुनून था कि वे उस पर एक उपन्यास लिखेंगे। उन्होंने लिखा भी किन्तु अपने चरित्र के धब्बों को ढँकने की कोशिश नहीं की। ऐसे जाने कितने चरित्र हैं- नौकरशाही में, राजनीति में, साहित्य में, जिनके भीतर उतरकर दयानंद पांडेय ने देखा है और उन पर जो रचा है वह उन चरित्रों का सम्यक् अवगाहन है। उन्होंने राजकृष्ण मिश्र के दारुलसफा और शांता कुमार के मृगतृष्णा जैसे उपन्यास भले नहीं लिखे किन्तु उनके सारे उपन्यासों में राजनीति और राजनीति के गलियारे बखूबी रोशन होते हैं। इस मायने में वे किसी एक राजनीतिक दल के पिछलगुआ नहीं रहे। हालांकि उनकी उठक बैठक सब दलों में रही। लेकिन किस्सागोई की मेज पर उन्होंने किसी एक पक्ष के वर्चस्व का अनुसरण नहीं किया वरन अपने चरित्रों के साथ न्याय किया है।

कभी दयानंद जी ने समाजवादियों के उज्ज्वल पक्ष को रेखांकित किया तो कभी उसके बदहाल पक्ष को भी। अनेक राजनीतिज्ञों पर सवारी गाँठी तो अनेक की बखिया भी उधेड़ी। हाल के वर्षों में संघ के सत्ताक में आने के बाद दयानंद जी का वैचारिक रुझान इस दल से उत्तरोत्तर सघन होता हुआ दिखा है। अनेक मोर्चों पर वे इस विचार को लेकर वैचारिक युद्ध लड़ते रहे हैं। यह वैचारिक युद्ध वे अपनी रचनाओं में भी लड़ते हैं। 'मुहब्बत का जहांपनाह' उनकी ग़ज़लों का ऐसा ही संग्रह है जो एक ओर कोमल मुलायम अहसासात से सहबद्ध दिखता है तो भारतीय राजनीति की विडबनाओं में धँसा भी दिखता है। वे ज़हनी तौर पर अदम गोंडवी के मुरीद रहे हैं, दुष्यंत कुमार के भी। गए चार-पाँच दशकों में इन्हीं दो ग़ज़लकारों का बोलबाला रहा है हिंदी ग़ज़ल में। ग़ज़ल के सदियों के सफरनामे में हिंदी में यदि दुष्यंत कुमार व अदम गोंडवी को सफलता मिली और उनके अशआर लोगों में लोकप्रिय हुए तो इसलिए कि आपातकाल के बाद दुष्यंत की ग़ज़लों को वैसा परिदृश्यन मिला तो साठोत्तर मोहभंग की जमीन और लोकतंत्र की विसंगतियों ने अदम गोंडवी की ग़ज़लों को अपार लोकप्रियता दी। अदम, दुष्यंत जैसे शायर किसी दल के प्रवक्ता थे। वे विसंगतियों के गायक थे।

'मन यायावर है' के बाद दयानंद जी की ग़ज़लों का यह दूसरा संग्रह है। पर देखकर हैरत होती है कि उन्होंने छोटी बहर के बजाय बड़ी बहर की ग़ज़लें आजमाई हैं। इसलिए जो बात छोटी सी बहर में कही जा सकती है उसें लंबी बहर के स्थायपत्या में साधने की कोशिश की है। जैसे- तुम्हारे साथ बहना चाहता हूँ- कहने के बजाय वे 'तुम्हारे साथ बहते हुए रहना चाहता हूँ' कहना

पसंद करते हैं। यही नहीं, ग़ज़ल में उर्दू और हिंदुस्तानी के शब्दों के बजाय वे अंग्रेजी शब्द भी बड़े भरोसे के साथ इस्तेमाल कर सकते हैं। जैसे- जानम तुम्हारी तुम जानो हम हर हाल हैप्पी हैं। फागुन की मस्त दस्तक है हम हर हाल हैप्पी हैं। इसे यों भी कहा जा सकता था, 'तुम कैसी हो यह तुम जानो लेकिन हम तो हर हाल में खुश हैं।' 'इसी तरह वे यह कहना ज्यादा सुविधाजनक मानते हैं: बहुत कर चुका प्रपोज तुमको अब तुम्हारी बारी है। या 'तुम हो तो लव है।' अनेक ग़ज़लों में उनका मतला बहुत सधा हुआ भी दिखता है जब वे ऐसा मिसरा कहते हैं : 'तुम्हारे पास खुद को छोड़ आया हूँ। सुख जितना था सब बटोर लाया हूँ।' समाज की बुराइयों पर उन्होंने धारदार कलम चलाई है : 'बेटी का पिता होना आदमी को राजा बना देता है / शादी खोजने निकलिए तो समाज बाजा बजा देता है।' सरकारी योजनाओं का हश्र क्या होता है। क्या हुआ बीस सूत्री कार्यक्रम का। संसद में एक से एक नेता जो लफ्फ़ाजी पर ही अपनी सियासत चमकाते हैं, ये सारी बातें दयानंद की ग़ज़लों में आती हैं। कामरेडों पर भी वे जमकर प्रहार करते हैं। जहां भी जैसा कथ्य आया, कामरेड उनकी कलम की नोक पर आ ही जाते हैं। गए सालों में राजनीति में अनेक शब्द ऐसे घिस-पिट गए कि अपना अर्थ खो बैठे। मजहब, जाति, वर्ण, किसान मजदूर, दलित, पिछड़ा सबको लेकर राजनीतिक दलों की अपनी रणनीति है। दयानंद जी के शब्दों में कोई पाक-साफ नहीं है। वे देशद्रोहियों को गोली से मारने की सलाह भी देते हैं। यहां तक कि हर गुस्सेन का प्रतिफलन उनकी ग़ज़लों में दिखता है- गए दशक की राजनीति का जर्रा-जर्रा उनकी ग़ज़लों का कथ्यं बना है। वह चाहे भारत पाकिस्तान का मसला हो, जे.एन.यू. विवाद हो, गुरु अफजल का प्रसंग हो, संसद में चलने वाली असंसदीय बहसें हों, असहिष्णुता प्रसंग हो, सेक्यूरलरिज्म हो, हर मसले पर उनकी ग़ज़लें यहां पढ़ी जा सकती हैं।

ग़ज़ल कहना आसान नहीं है। आसान होता तो प्रख्यात कवि गीतकार नीरज अपनी ग़ज़लों को गीतिका नहीं कहते। जब कि मुकम्मल ग़ज़ल कहने में वे उस्ताद थे। पर ऐसा करने की हिम्मत उनमें न हुई। ग़ज़ल के उस्तादों के लिए नीरज की ग़ज़लें, ग़ज़लें न थीं। दयानंद जी भी ग़ज़लों के उस्ताद नहीं हैं, वे अभी अभ्यासी हैं, बेतर्ज राहों के अन्वेषी। पर अपने काव्याभ्यास में इसे उतारने की चेष्टा की है। कितना कामयाब हो सके हैं यह और बात है। इसलिए इनकी इन ग़ज़लों को भी मैं गीतिका ही कहना चाहता हूँ जिनमें काफिया रदीफ के बजाय लय का अनुधावन किया गया है। इनमें कथ्य की प्रधानता है। लोग छोटी बहर

की ग़ज़लों में मात खा जाते हैं पर दयानंद जी ने बड़ी बहर को जैसे चुनौती के रूप में लिया है। अक्सर कामयाब ग़ज़लें चार-पाँच अशआर में ही अपनी बात कह जाती हैं पर उन्होंने चंद्रसेन विराट जी की तरह बारह-पंद्रह शेर तक की ग़ज़लें कही हैं। मैं इन ग़ज़लों में व्यक्त राजनीतिक विचारों से अनेक जगह पर सहमत न होते हुए भी समाज में फैली विडबनाओं और दुचित्तेपन पर उनके प्रहार को एक रचनाकार की स्वतंत्र और साहसिक अभिव्यक्ति मानता हूँ।

करत करत अभ्यास ते जड़मति होत सुजान। अनभ्यासे विषं शास्त्रकम्। दयानंद जी की ग़ज़ल के इलाके में यह पहली आमद है जिसके लिए उन्होंने कथ्य को प्रबलता दी है, काफिये रदीफ की उलझनों को सुलझाने की बजाय लय और प्रवाह की राह अपनाई है। जैसे मुक्तक छंद समर्थक उसका प्रवाह होता है। आशा है, धीरे-धीरे अभ्यास से वे अपनी कमजोरियों पर काबू पा लेंगे तथा ग़ज़लों की शास्त्रीयता से भी उनका रिश्ता सघन होगा। इन गीतिकाओं को एक तरफ समाज की विडबनाओं पर प्रहार के लिए जाना जाएगा तो दूसरी ओर कवि की अपनी विचारधारा के लिए भी। कहना न होगा कवि वही है जो समाज के निर्बलों के पक्ष में अपनी बात कहे। किसी सत्ता अथवा पूंजी या नौकरशाही का सहचर होकर न रह जाए। कविता की कसौटी को सम्मुख रखे तथा कवि धर्म का निर्वाह करे। यह कठिन है और निरंतर कठिन होता जा रहा है। ऐसे कठिनतर समय में दयानंद जी की लेखनी सच का उद्घाटन करती रहे, यही कामना करता हूँ।

– ओम निश्चल

अनुक्रम

दयानंद पांडेय

का

गजल-संग्रह

मुहब्बत का जहांपनाह

तुम्हारी मुहब्बत का जहांपनाह होना चाहता हूं

मजनू नहीं, रांझा नहीं, शाहजहां होना चाहता हूं
तुम्हारी मुहब्बत का जहांपनाह होना चाहता हूं

पहाड़ों में बर्फ गिरती है, मचलते रोज हैं बादल
तुम्हारे प्यार के जंगल में गजराज होना चाहता हूं

प्यार की काशी में पूछते फिरते हैं बादल तुम्हारा ही पता
उसी काशी में बरखा की पहली बौछार होना चाहता हूं

धरती, वृक्ष, चांद, यह आकाश के जगमग सितारे
मैं तुम्हारे प्रेम से जगमग नदी की धार होना चाहता हूं

नदी की हर मचलती धार में मिलती धड़कन तुम्हारी
इस धार में बसे वृंदावन का वंदनवार होना चाहता हूं

पसंदीदा ठंड का मौसम है, रजाई है, आग है, तुम भी
इसी लिए अब सर्दियों की मीठी धूप होना चाहता हूं

हमारे खेत के मेड़ पर बिछी है तेरे क़दमों की हर आहट
प्यार के फागुन में खिल कर कचनार होना चाहता हूं

आते-जाते ही राह बनती है मन की कच्ची मिट्टी पर
इस महकती मिट्टी की पुकार हर बार होना चाहता हूं

प्रेम का आकाश और धरती हर इच्छा से बड़ी है
प्यार के चांदनी की प्रथम मनुहार होना चाहता हूं

लोग देख लेंगे, क्या कहेंगे, तोड़ दो यह सारी वर्जनाएं
प्यार की अजान और नमाज सरे राह पढ़ना चाहता हूं

दीवारों में चुना जाऊं या किसी किले में कैद हो जाऊं
तुम्हारी पाकीजा रूह की झंकार होना चाहता हूं

तुम्हारे हुस्न की दीवानगी मार ही डालेगी किसी रोज
तुम्हारी खूबसूरत मांग का चटक सिंदूर होना चाहता हूं

लिखना है तुम्हारी आंख लेकिन कटार लिखता हूं

इक गजल ही है जहां ख़ुद को शहंशाह लिखता हूं
लिखना है तुम्हारी आंख लेकिन कटार लिखता हूं

तुम्हारा रुठना मिलना और मनुहार लिखता हूं
ग़ज़ल कहां लिखता हूं तुम से प्यार लिखता हूं

दिल के आकाश में उड़ता बादल मुहब्बत का
तुम्हारे दिल की पृथ्वी पर मैं बरसात लिखता हूं

अनमोल है तुम्हारी लगन मुझे गजल में बसाने की
ज़िंदगी की इस कड़ी धूप में तुम्हारी छांह लिखता हूं

नयन तुम्हारे अधर तुम्हारे कपोल पर चुंबन हमारा
इस त्रिवेणी में नहा धो कर नदी की धार लिखता हूं

बहता पानी छानता बहुत है तराशता भी चलता
मन के पानी में बैठ नाव की पतवार लिखता हूं

मेरी बेबसी मेरी बेचैनी मेरी आकुलता को समझो
तुम को कच्ची कली कचनार बार बार लिखता हूं

तुम्हारी ललक तुम्हारी चाहत तुम्हारा मादक स्पर्श है
थकता नहीं हूं राह में कभी भी बस इंतज़ार लिखता हूं

खुशबू में डूबी सांझ नदी में चलती धारा के विरुद्ध नाव
घर लौटती उड़ती गौरैया को बहुत प्रणाम लिखता हूं

पर्वत पर्वत घूमना बहकना तुम्हारे साथ का दिन सुहाना
लजाती देह में गुज़री रात का भीना भिनसार लिखता हूं

तुम्हारी सुरीली आंख में लिखा है जैसे मोह का एक ज्ञापन
दिल की धड़कन पर बरखा की पहली बौछार लिखता हूं

सर्वदा फूल और फूल की खुशबू ही कहां होती है
गुजर जाती है जो दिल पर वह नागवार लिखता हूं

घायल बहुत हूं एंटी बायटिक भी काम नहीं आती
घाव सभी सूख जाते हैं जब तुम्हारी याद लिखता हूं

रहता हूं दिन रात तुम्हारी गुलामी में दुनिया जानती
तुम को खुश देखने के लिए सर्वदा आदाब लिखता हूं

मेरे मन के आषाढ़ को
अपने सावन से मिलने तो दो

रिमझिम फुहारों में भीज कर मुझे फिसलने तो दो
मेरे मन के आषाढ़ को अपने सावन से मिलने तो दो

तुम्हारे प्यार में पुलक कर मन मेघ हुआ जाता है
इसे अपने भीतर बरस बरस जी भर भीजने तो दो

अकारथ कुछ भी नहीं जाता मन के मेघ बरसेंगे जरुर
मेह के नेह को सरोवर नदी सागर तक पहुंचने तो दो

बादल है बरखा है जंगल है मादक हवा और तुम
इस बरसते मेघ को मेरा कोई संदेश कहने तो दो

मन की मछली को तड़प कर मरने से बचाना ज़रुरी
प्रेम की नाव को अपने मन की नदी में उतरने तो दो

एक आग मेरे भीतर मुसलसल सुलग रही है कब से
इस सुलगती आग को मन के जंगल में जलने तो दो

आकाश नदी जंगल और समंदर हर कहीं तुम्हारी तलब
एक सपना देखा है उसे ज़मीन पर ज़रा उतरने तो दो

प्यार में कभी अंहकार का आकाश नहीं होता

फूल को अपनी खुशबू का आभास नहीं होता
प्यार में कभी अंहकार का आकाश नहीं होता

साथ रहें तो प्यार की दूर रहें तो याद की नदी
ज़िंदगी से प्यार का कभी वनवास नहीं होता

रूठना और मनाना भी प्यार में बहुत जरूरी है
अगर यह न हो तो प्यार का एहसास नहीं होता

प्यार की नदी में जो एक बार डुबकी मार लेता है
तो कभी कुछ बुरा सोचने का अवकाश नहीं होता

एक प्यार ही है शाश्वत शेष सब कुछ क्षण भंगुर
प्यार छोड़ दुनिया में कुछ भी शाश्वत नहीं होता

राजा रानी इतिहास भूगोल बनते बिगड़ते रहते हैं
पर प्यार का किस्सा कभी इधर उधर नहीं होता

ठीक सामने होती हो तुम और बात नहीं होती

कई बार जैसे चाह कर भी तुम साथ नहीं होती
ठीक सामने होती हो तुम और बात नहीं होती

वो मंजर सांझ का हो सकता है या सुबह का भी
आसमान में चांद होता है लेकिन रात नहीं होती

बादल बरखा और भीगती रात फिर तुम्हारा साथ
देखने वाली लेकिन तुम्हारी वह आंख नहीं होती

मुहब्बत में आती रहती हैं अड़चन और भी बहुत
हाथ में हाथ होता है लेकिन सामने राह नहीं होती

जुगनू तारे चांद सितारे गाते घूमते गांव नगर सारे
प्रेम की नाव थम जाती जब नदी में धार नहीं होती

तुम्हारे भीतर मैं ख़ुद को खोजता हूं

तुम से मिलता हूं ख़ुद को सोचता हूं
तुम्हारे भीतर मैं ख़ुद को खोजता हूं

जैसे खो जाए भीड़ में कोई बच्चा
खो गया हूं भीड़ में तुम्हें खोजता हूं

अंधेरी रात हो घना जंगल और तुम
घने बादलों के बीच चांद खोजता हूं

धूप में जल जल कर छांह पाने के लिए
गुलमोहर की दहकती आग खोजता हूं

रोटी दाल की जद्दोजहद में सपना टूटा
अब तो पुराने गीतों में सुकून खोजता हूं

फूल पत्ती पक्षी आकाश मछली तालाब
पार जाने के लिए कोई नाव खोजता हूं

अबकी आई ऐसी गरमी कि बालम चिरई भाग गई

मन में फुदक फुदक फुदकने वाली चिरई भाग गई
अब की आई ऐसी गरमी कि बालम चिरई भाग गई

जाती रहती थी पहले भी इस आंगन से उस आंगन
लेकिन अब की आंगन छोड़ कर जंगल भाग गई

शिमला मसूरी वह गई नहीं सीधे पहुंची जंगल में
जंगल में वह ऐसा झगड़ी डर कर हथिनी भाग गई

जंगल ज़मीन से लड़ती वह सब से आगे निकल गई
निभी नहीं कहीं किसी से तो वह बादल में भाग गई

वह घूम रही थी मन में जैसे शहर घूमने आया हो शेर
और शेर से डर कर दिल के गांव से बिजली भाग गई

खबर एक दिलचस्प चली न्यूज़ चैनल के बाजार में
कल एक देवदास के गांव से उस की पारो भाग गई

सुखद यह कि मन की सूखी नदी में धार ले कर लौटी है

जो चिरई उड़ गई थी बादलों में फिर धरती पर लौटी है
सुखद यह कि मन की सूखी नदी में धार ले कर लौटी है

दूब पर जैसे गिरती है ओस धरती पर बारिश की बूंद जैसे
प्यार की नदी में बहती संबंधों की एक नाव ले कर लौटी है

हाथी पर बैठ कर घूमी जंगल में इधर उधर बहुत चिरई
सपनों में नहा पुरानी अलमस्त अंगड़ाई ले कर लौटी है

परायेपन की ठोकर में बदल जाती है दुनिया बड़े बड़ों की
बालम चिरई की भी बदली प्यार की बरसात ले कर लौटी है

पंख सही सलामत हैं उड़ने की चाह भी वैसी ही निर्मल
पर अब की वह धरती पर जीने की चाह लेकर लौटी है

पुल नदी में ही नहीं बनता संबंधों में कहीं ज़्यादा बनता है
पुल के कई सारे बहाने और डिजाईन साथ लेकर लौटी है

आकाश निर्मल है सुंदर है सब कुछ सुहाना भी है लेकिन
अकेलेपन की आंच में झुलसने की कहानी लेकर लौटी है

किस्से बहुत हैं आकाश की तनहाई के शोक गीत भी हैं
हकीकत में तो चिरई आकाश का अंगार लेकर लौटी है

लेकिन बोल गया सेक्स का सागर हूं

कहना तो चाहता था प्रेम का सागर हूं
लेकिन बोल गया सेक्स का सागर हूं

सेक्स की उम्र कहां होती प्रेम की अनंत
इस अनंत में डूबा प्रेम का सुखसागर हूं

सच उतर जाता जुबां पर मानता नहीं
प्रेम के सावन का बौछार भरा बादर हूं

आग उस में बहुत है पर आंच मीठी
पनघट प्रेम का मैं नेह भरा गागर हूं

दुनिया खिलाफ हो जाती पर वह साथ
उस के दिल के दर्पण में बैठा आदर हूं

प्रेम में झूठ चल पाता नहीं किसी सूरत
उस की दिल की नगरी का नागर हूं

खरीदने बेचने में कभी उलझा ही नहीं
बाजार से गायब रहने वाला सौदागर हूं

कोई क्या करेगा कभी पर्दाफाश मेरा
सब के सामने सर्वदा सहर्ष उजागर हूं

अभी विदा लेते हैं तुम से
अगले जनम में सब आएंगे तुम भी आना

पर्वत नदियां सब मिलते हैं मिलने का हम गाएंगे गाना तुम भी गाना
अभी विदा लेते हैं तुम से अगले जनम में सब आएंगे तुम भी आना

आना तुम भी आना अब अगले जनम में आना जैसे जंगल में जीव
जैसे आता है शिशु मां के सपने में बकइयां बकइयां तुम भी आना

आकाश चंदा तारा परियां राजकुमार और देखो दासी बन गई रानी
घर में दादी सुनाती हैं जैसे कहानी कहानी बन कर तुम भी आना

आना तो देखना पर्वत पर सीना ताने देवदार की तरह खड़ा मिलूंगा
जैसे पर्वत पर उगती हैं वनस्पतियां वैसे ही उगती हुई तुम भी आना

कभी देखा है टाइगर हिल पर सूर्य को उगते हुए नहीं देखा तो देखना
बर्फ की चादर पर सूर्य की लालिमा को प्रणाम करते तुम भी आना

जैसे बरखा में आती धूप जैसे नदी में बहती सीप जैसे बाग में हवा
अंधियारे में जलता दीप आना दीपशिखा सी जलती तुम भी आना

मिल जाए किसी बेरोजगार को नौकरी भूखे को रोटी नंगे को कपड़ा
जैसे नदी में उठती है लहर मचलती है मछली वैसे ही तुम भी आना

बरसों बाद लौटा हो कमा कर शहर से कोई मज़दूर अपने गांव में
जैसे बरसों बरस बाद बांध तोड़ आती है नदी में बाढ़ तुम भी आना

कुछ पल हम को याद न आना वृक्ष बन कर हम को दुलराना
आना तुम भी आना जैसे आती है मां की याद तुम भी आना

हमारी मुहब्बत तुम्हारी ज़मींदारी नहीं है

दिल आखिर दिल है जागीरदारी नहीं है
हमारी मुहब्बत तुम्हारी ज़मींदारी नहीं है

शराफत तो एक आदत है कोई बीमारी नहीं है
तुम्हारी हां में हां मिलाना हमारी लाचारी नहीं है

अपनी जिद अपना गुरुर अपने पास रखो
दीवार से सिर टकराना समझदारी नहीं है

बहुत चल चुकी है हवा की यह अंधेरगर्दी
इस दिल पर किसी की थानेदारी नहीं है

वफ़ा बेवफ़ा सिर्फ़ लफ्ज़ों की धोखेबाज़ी है
लेकिन हमें किसी वफ़ा की बीमारी नहीं है

मन तो पारा है फिसलता रहता है बेहिसाब
इसे पकड़ कर रखना कोई होशियारी नहीं है

सज गए हैं लोगों के दिल ड्राईगरुम की तरह
यहां दीवानगी के मारे हैं दुकानदारी नहीं है

मुहब्बत में कभी चुप रहना भी एक नेमत है
किसी कमजोर नस की यह दुश्वारी नहीं है

ज़िंदगी से ज़्यादा इम्तहान मुहब्बत में होते हैं
मुहब्बत किसी अभिनेता की अदाकारी नहीं है

प्यार का वेंटिलेटर पर
अचानक चले जाना अच्छा नहीं लगता

मुहब्बत में यातना की सांस ले कर जीना अच्छा नहीं लगता
प्यार का वेंटिलेटर पर अचानक चले जाना अच्छा नहीं लगता

उल्फ़त गफलत नखरा जिद और नहीं की भी एक हद होती है
महबूब का बार-बार अपमानित होते रहना अच्छा नहीं लगता

प्यार में जलना जलाना लड़ना झगड़ना मिलना बिछड़ना होता है
लेकिन तुम्हारी उपेक्षा की आंच में जलना हमें अच्छा नहीं लगता

साथ जीने की तमन्ना टूट जाती है एक अहंकार की चोट से
इतने गुरुर और अकड़ में रह कर जीना अच्छा नहीं लगता

प्यार का आकाश उड़ान भरने से मिलता कहां है किसी को
पक्षी बन कर बेसबब अकेले उड़ते रहना अच्छा नहीं लगता

अच्छी बहुत लगती मिठाई हमें सर्वदा शुगर भी है तो क्या
लेकिन मिठास कडुवाहट में बदल जाए अच्छा नहीं लगता

बहती नदी हो चांदनी की रात हो ठंडी हवा और तमन्ना भी
माशूका हरदम रूठी रहे बात बेबात तो अच्छा नहीं लगता

मुहब्ब्त ठहरा हुआ जल नहीं बढ़ती इच्छाओं की धरती है
प्यार में भिखारी बन कर बेसबब घूमना अच्छा नहीं लगता

भीग जाते थे कभी बारिश का नाम सुन कर भी हम लेकिन
बारिश का नाम सुन कर भीगना अब अच्छा नहीं लगता

पागल होता है हर कोई प्यार के व्यवहार में हर कहीं हरदम
नशे में लेकिन बेसुध हो कर लड़खड़ाना अच्छा नहीं लगता

बाग में कोयल गाती रहती है चिड़िया खिलखिलाती है बहुत
कड़ी धूप में तड़प कर किसी का बैठ जाना अच्छा नहीं लगता

नगर नगर भटकने से तो अच्छा है किसी जंगल में खो जाना
बच्चा रोता रहे मां हंसती रहे यह मंजर कभी अच्छा नहीं लगता

बेवफ़ाई करते हुए
वफ़ा के निरंतर गीत गाने का क्या मतलब

साथ होते हुए भी जुदाई के हरदम गीत गाने का क्या मतलब
बेवफ़ाई करते हुए वफ़ा के निरंतर गीत गाने का क्या मतलब

राधा और मीरा ने अपने मनमोहन में कोई फर्क कभी नहीं माना
प्रेम की बजती बांसुरी में शहनाई की फरमाइश का क्या मतलब

गिलहरी घूमती है पेड़ पर मछली पानी में है आदमी मुहब्बत में
ऐसे में बादल बरस जाए तो छाता ले कर चलने का क्या मतलब

महफिल में यारों की कोई छम से आ जाए आ कर भरम जाए
हमारा हाथ हाथ में लेने पर मचल जाए तो इस का क्या मतलब

प्रेम में पड़े व्यक्ति को आप ज़बरदस्ती ज्ञान पिलाने पर अड़ जाएं
क़ानून का हंटर समाज का दर्पण दिखाएं तो इस का क्या मतलब

बिच्छू की तरह डसते रहें और चाहें कि हम पुचकारते फिरें
आप पाकिस्तान बने रहें और हम भारत इस का क्या मतलब

कोई सीधे सीध कर रहा है अपमानित लगातार मित्र बन कर
अपमानित हो कर इतना भी औपचारिक होने का क्या मतलब

राजनीति भी दुकान होती है कपड़ा बेचो या फिर घड़ी चश्मा
तो भाजपा कांग्रेस वामपंथ सपा बसपा के भेद का क्या मतलब

मनाता हूं खुदा से बराबर
तुम्हारे नगर में अपने कारवां से छूट जाऊं

मुहब्बत की फकीरी सब को नसीब नहीं होती कि तुम से छूट जाऊं
मनाता हूं खुदा से बराबर तुम्हारे नगर में अपने कारवां से छूट जाऊं

पत्ता नहीं हूं जो तुम्हारी याद की आंधी में झटक कर टूट जाऊं
आशिक हूं डाकू नहीं जो तुम्हारे हुस्न का जादू आ कर लूट जाऊं

तुम्हें देखते ही हो जाता हूं इक नन्हा सा बच्चा तुलतुलाने लगता हूं
लगती हो तुम दूध भात का कटोरा हक़ तो बनता है कि रूठ जाऊं

तुम्हें पाने की ललक तो बेतरह है लेकिन कोई जिद्दी बच्चा नहीं हूं
दिल आखिर दिल है कोई मिट्टी का खिलौना नहीं कि फूट जाऊं

मन करता है तुम्हारी गोद में बैठूं शिशु की तरह तुम्हारे बाल खींचूं
तुम्हारे गाल पर लेट कर सुनूं गीत और बच्चों की तरह रूठ जाऊं

गर ज़िंदगी की रेखा है तो होती होगी प्रेम की भाग्य रेखा भी जरूर
जितने दिन भी मयस्सर हो सौभाग्य मेरा कैदी नहीं हूं कि छूट जाऊं

तुम मेरी पीड़ा में भी प्रेम बन कर उपस्थित हो यह मेरे लिए बहुत है
प्रेम का आकाश हूं बादल नहीं कि बरखा की बूंद बन कर टूट जाऊं

दुनिया भर की झंझट है लेकिन प्यार करता हूं

ट्रैफिक में फंस कर तुम्हारा इंतज़ार करता हूं
दुनिया भर की झंझट है लेकिन प्यार करता हूं

हो जाती हो मुझे देखते ही हरी-भरी एक धरती
हरी हरदम रहो ऐसा जतन आखिरकार करता हूं

हो जाऊं कैसे तुम्हारे साथ सर्वदा एकाकार निर्विकार
बादल बरसता है धार-धार खुद को खुद्दार करता हूं

घड़ी भर मिल कर सुख के सागर में डाल जाती हो
दुनिया भर में जीवन भर तुम्हारी जयकार करता हूं

तुम्हीं गुलाब तुम्हीं गुलमोहर तुम्हीं रजनीगंधा
तुम्हारी चाहत में खुद को जांनिसार करता हूं

तुम्हारी मुहब्बत के जादू में जागती रहती है रात
तुम से मिलने की आरजू में ही भिनसार करता हूं

तुम से मिलना सिर्फ़ मिलना नहीं जीना होता है
तुम्हारी हर मुलाकात को अपना त्यौहार करता हूं

फ़ेसबुक पर वह प्यार करती है
सब कुछ यहीं स्वीकार है उसे

सब कुछ आन लाइन है आन लाइन लव की भी दरकार है उसे
फ़ेसबुक पर वह प्यार करती है सब कुछ यहीं स्वीकार है उसे

असल दुनिया तो जालिम है बंधन हैं बहुत सारे वह जी नहीं पाती
आन लाइन के परदे में सही मुहब्बत की जरुरत लगातार है उसे

पल भर में भूल जाती है वह घर परिवार और पिता पति बच्चे सब
इस काल्पनिक दुनिया के अपने प्यार पर बहुत अहंकार है उसे

लव यू सुन कर झूम जाती है जैसे भरी बरखा और तेज हवा में पेड़
किसी तरह भी पहुंच जाऊं उस के सपने में बहुत इंतज़ार है उसे

पृथ्वी पर वह जलती बहुत है आकाश की तमन्ना में रहती दिन रात
लड़ सकती है दुनिया में किसी से प्यार का ऐसा अधिकार है उसे

प्यार की तलब में तड़पती गौरैया की तरह वह आकाश नाप लेती है
समाज के दोगलेपन का धरती पर बहुत अच्छी तरह एहसास है उसे

दमित इच्छाओं और कामनाओं की कई सारी गठरी हैं उस के पास
फ़ेसबुक की नदी में गठरी सारी बहा देने का बढ़िया अभ्यास है उसे

मधुमास बीत गया अब
चढ़ते चईत का खरमास हो तुम

इस दुनिया में मेरा चरखा मेरा सूत मेरा कपास हो तुम
मधुमास बीत गया अब चढ़ते चईत का खरमास हो तुम

चली भी आओ इस टूटते समय में सूर्य की किरन की तरह
ज़िंदगी की धार में उगते सूरज का सुनहरा उजास हो तुम

तुम्हारा आना अचानक आते ही आंख बचा कर लिपट जाना
आ जाए जो बाढ़ घर में दो नदियों के बीच का कछार हो तुम

परियों राजकुमारों के किस्से सुनते दादी के साथ सो जाना
खिलखिलाते बचपन में दादी के कटोरे में दूध भात हो तुम

तुम्हारे साथ बैठ कर लौट लौट आता है बचपन अनायास
महुआ टपकते रात की सुबह के पहले की भिनसार हो तुम

ढेला मार कर खाते थे कोईलासी लग जाता दाग मुंह पर
वह बचपन वह अल्हड़पन खोया जिस में वह बाग हो तुम

बाग में खेलते खेलते खो जाती थी गाय हमारी हम रोते थे
कभी अंकुआता टिकोरा कभी पकते गेहूं की गाछ हो तुम

हमारा इम्तहान लेने की तुम्हारी आदत सी है

सवालों में मुझे घेरे रहने की एक आदत सी है
हमारा इम्तहान लेने की तुम्हारी आदत सी है

गुलमोहर के ऊपर बादल है और बादलों में तुम
गुलमोहर के बागीचे में एक खिलखिलाहट सी है

तुम मुझे तड़पाओ या कि चाहे जितना सताओ
तुम्हें हर घड़ी देखते रहने में एक राहत सी है

तुम अपने दिल में इक छोटा सा मंदिर बनाओ
इस मंदिर में घंटी बन बजते रहने की चाहत सी है

एक नदी है हमारे मन के भीतर निरंतर बहती हुई
तुम भी मेरे साथ बहो मन में ऐसी छटपटाहट सी है

घर परिवार में उलझी स्त्री प्रेम में आकर सुलझती है

बहकती है दुनिया लेकिन वह नदी की तरह बहती है
घर परिवार में उलझी स्त्री प्रेम में आ कर सुलझती है

सरे राह दौड़ कर आना चने का साग खोंट कर खाना
बचपन की रेल अकसर तुम्हारे साथ यादों में गुजरती है

मानती नहीं किसी सूरत भी मचलती रहती दीवानावार
पूर्णमासी की रात पूरे चांद में नहा कर हमसे मिलती है

घने बादल में भी जब खिलखिला कर ढूंढ लेती है चांद
चांदनी चंचला बन कर जैसे हमारी छत पर टहलती है

पुरुष प्रेम में सर्वदा कायर होता है मैदान छोड़ जाता है
स्त्री ही है जो प्रेम के लिए धरती आकाश सब सहती है

तुम आती हो तो
आता है फागुन फिर होली हैपी करती है

हम को तो सर्वदा तुम्हारी हंसी तुम्हारी बात हैपी करती है
तुम आती हो तो आता है फागुन फिर होली हैपी करती है

तुम्हारा हाथ तुम्हारा साथ तुम्हारा आकाश तुम्हारी धरती
इस मधुमास में तुम से मिलन की हर मनुहार हैपी करती है

मैं तो जैसे पक्षी हूं उड़ता रहता हूं सदा तुम्हारी तलाश में
हवा में लिपटी तुम्हारी याद में भीगी पुकार हैपी करती है

इस पार से उस पार संगम की धार में बहता हुआ बीच धार
डूबता उतराता देखता हूं जल में तुम्हारी छवि हैपी करती है

तुम से मिलने की चाहत चाहत नहीं राहत होती है खुद की खातिर
इस मिलन की गंगा में तुम्हारे साथ डुबकी बहुत हैपी करती है

एक कोयल है मेरे घर के पिछवाड़े आम के पेड़ पर रहती
भरी दोपहर वह बेसुध गाती रहती है हम को हैपी करती है

तुम्हारे साथ हम नाव में
क्या चढ़े यह अंजोरिया मचल गई

पहले नदी नजदीक से बहती थी इस बरस धारा बदल गई
तुम्हारे साथ हम नाव में क्या चढ़े यह अंजोरिया मचल गई

याद है शुरु शुरु में ले जाते थे चूड़ी पहनवाने बाजार तुम को
चूड़ी वाली हंस कर कहती थी आप की तो कलाई बदल गई

गौरैया आ गई घर में छत पर खाने लगी दाने पीने लगी पानी
बदल गए हम तुम्हारे साथ और पड़ोसन की हंसी बदल गई

वह लोग आए तो थे किसी सूरत डुबोने ही के लिए हमारे बीच
मुहब्बत की नाव डूबती भी है लेकिन डूबते डूबते संभल गई

मुहब्बत की उंगली पकड़ निकला सूरज उग आया धीरे से चांद
वह दिन और आज का दिन हमारे लिए काशी की गंगा बदल गई

प्रकृति भी प्यार करती है प्यार का साथ देती है मचल मचल कर
गौरैया चहकती फुदकती लौट आई तो नदी करवट बदल गई

कशिश में डूबी हुई मधुबाला जैसी तुम्हारी आंखों में आशनाई बहुत है

इन आंखों के काजल की गहराई में हमारे प्यार की रोशनाई बहुत है
कशिश में डूबी हुई मधुबाला जैसी तुम्हारी आंखों में आशनाई बहुत है

तुम्हें देख कर हो गया पागल कि तुम्हारी आंखों में हरियाली बहुत है
बहुत सहेज कर रखना कुम्हला न जाए कभी यह मतवाली बहुत है

संगम की सी शालीनता में डूबी तुम्हारी बातों में सुगंध रजनीगंधा की
तुम्हें क्या मालूम तुम्हारी आंखों के तहखाने में हमारी कहानी बहुत है

वह जहीन लोग हैं जो ढूंढते हैं पैमाने आंखों में बताते रहते हैं मयखाना
जैसा हो जो भी हो पर मुहब्बत की दुनिया में आंख की सुनवाई बहुत है

हमारा राज हमारा साज सब तुम्हारी आंखों में बसता है बसाए रखना
मौसम में दीवानगी का आलम हो तो बजती आंख में शहनाई बहुत है

कहीं काजल कहीं लाली कहीं हरियाली कुछ तुम जानो कुछ हम जानें
दुनिया रखती ऐसे किस्से मुहब्बत के जिस में सांस कम अंगड़ाई बहुत है

कपोलों की लाली के किस्से भले कपोल कल्पित हों या फिर कुछ और
लेकिन अधरों की इस लाली में हमारे चुंबन की कशीदाकारी बहुत है

पुल नदी पर ही नहीं संबंधों में भी बनता टूटता रहता है बराबर हर कहीं
बहती रहो सर्वदा तुम्हारी नदी के पानी में हमारे प्यार की रवानी बहुत है

पत्तों की सरसराहट में मिलने की आहट है आंखों में उम्मीद का दिया
तुम्हारी चहक बताती है रंगों की इस होली में होली कम दीवाली बहुत है

ज़िंदगी की हाईवे में बाईपास कहां होता है जाम ही जाम हर जगह होता
आशिकों की दिलफरेब कहानी में गाना कम मुक़ाबला कव्वाली बहुत है

बहुत सुर्ख इबारत है हमारी ज़िंदगी में चाहत की बातों में वही रंगत तारी है
मुहब्बत मरकज है जीवन का मरहम भी आंखों में बहकती पुरवाई बहुत है

प्यार सितार का तार
होता है टूट कर बज नहीं सकता

धूप में खड़ा हो कर चांदनी की बात कर नहीं सकता
प्यार सितार का तार होता है टूट कर बज नहीं सकता

धूप बादल में भी हो होती धूप ही है लगती रहती है बहुत
प्यार के पिन चुभोती रहो अभिनेता बन हंस नहीं सकता

बहुत मुश्किल होता है हां में हां मिलाना कि जैसे मर जाना
झूठ ही खुश करने के लिए तो तोता चश्म बन नहीं सकता

पुल के नीचे ज़रुरी बिलकुल नहीं है कि नदी में पानी हो
बिना पानी की नदी में कागज की नाव बन नहीं सकता

झूठ और मक्कारी की दुनिया जिन्हें सुहाती मुबारक उन्हें
फ़रेबी दुनिया में ख़ुद को कभी भी फिट कर नहीं सकता

अपनी धरती खुरदरी ही सही बहुत प्यारी दुनिया में न्यारी
चिकनी दुनिया में हंसने के लिए छल छंद कर नहीं सकता

जादू होता है बहुत प्यार की धार और तकरार में वह जारी है
पहलू में तुम हो और मैं कुछ और सोचूं ऐसा हो नहीं सकता

खिड़कियां प्यार की खुल गई मधुमास में

प्यार का पक्षी कब उड़ता नहीं आकाश में
खिड़कियां प्यार की खुल गई मधुमास में

हर दिन हर क्षण तुम्हारी याद लहराती है
सुगंध बन मन में भर जाओ सांस-सांस में

हवाएं सोने नहीं देतीं कलेजा काढ़ लेती हैं
बहकती हुई ही आ जाओ इस मधुमास में

सोचता हूं तुम्हारे घर चला आऊं पूजा करूं
मंदिर में मन भटकता है बहुत मधुमास में

कीर्तन तुम्हारा कर रहा घर में ही बैठ कर
आओ तुम भी मिल जाओ इस मधुमास में

फागुन धड़कता देह की हर पोर में तुम कहां हो

देह में संगीत बजता है मनुहार का तुम कहां हो
फागुन धड़कता देह की हर पोर में तुम कहां हो

एक तितली है एक कोयल की आहट और एक मैं
आम्र मंजरियों में आ गई है सुगंध बहुत तुम कहां हो

एक पतंग उड़ती फिर रही है प्यार के आकाश में
बहकते वसंत के इस मादक प्रहर में तुम कहां हो

सरसों के पीले फूल खिलखिलाते हैं बाग वाले खेत में
ताल में तैरती कूदती उछलती मछलियां है तुम कहां हो

मन की दूब पर बिछी है ओस की चादर
सूखी नहरों में आ गया है पानी तुम कहां हो

सम्मत भी गड़ गई है गांव में हर बार की तरह
गांव की हर गली में फाग की आग है तुम कहां हो

डोलता मन है हवाओं में सिहरन महकती धरती
प्यार का सागर मचलता फिरता है तुम कहां हो

अब फागुन के दिन हैं सताने लगे हैं

बात बेबात वह पागल बताने लगे हैं
अब फागुन के दिन हैं सताने लगे हैं

रास्ते पर आए हैं धीरे-धीरे और आएंगे
वाट्सअप पर अब वह बतियाने लगे हैं

हम से मिलना उन्हें ख़ुश करता बहुत है
बिना पूछे ऐसा वह सब को बताने लगे हैं

किनारे नहीं बीच धारे मिल कर भी वह
बीच रास्ते अनायास अचकचाने लगे हैं

समय ही समय था जब मिलते थे पहले
जाने क्यों वह अब जल्दी घर जाने लगे हैं

मिलता ही नहीं हूं मैं जब अरसे से उन से
अब इसी गम के मारे वह पियराने लगे हैं

जैसे लतीफा हूं कोई मेरे किस्से सुना कर
वह अब दुनिया जहान को हंसाने लगे हैं

मधुमास की हवा में बहा जा रहा हूं

पता ही नहीं है अब कहां जा रहा हूं
मधुमास की हवा में बहा जा रहा हूं

रुप की आग जलाती चारो तरफ है
मन की धरती पर जला जा रहा हूं

ये मुहब्बत है कि पर्वत है कि जुर्रत है
किसी परिंदे की तरह उड़ा जा रहा हूं

तुम्हारे प्यार की नदी विकल बहुत है
नदी सहती बहुत है सहा जा रहा हूं

आए तो थे जीतने के लिए जीत ने ठगा
मुकद्दर में हार थी हारा हुआ जा रहा हूं

देवदार की तरह सीना तान कर खड़ा
वर्जनाओं के नाम पर छला जा रहा हूं

यातनाओं का समंदर आकाश बहेलिया
बर्फ की तरह मुसलसल गला जा रहा हूं

यह शंकर की सभा है सच ही चलता है
सच के सांचे में निरंतर ढला जा रहा हूं

मन में फूल खिलाकर हम को फिर तड़पाने आए हैं

फागुन की मस्त हवा में हम को वह बहकाने आए हैं
मन में फूल खिला कर हम को फिर तड़पाने आए हैं

सुर छूटा महफ़िल छूटी संगत भी छूटी सब कुछ टूट गया
दिल की काशी में वह फिर से राग मल्हार सुनाने आए हैं

कल कुछ और था आज और दिल की रंगत बदल गई
सरसो के फूल विदा हुए अब फलियों में दाने आए हैं

जिन के पत्ते टूट गए थे उन के पत्ते नए हुए और वह भी
नए लिबास पहन कर वह तो पहले सा भरमाने आए हैं

मौसम मचल रहा है उन के भी मन और घर आंगन में
बौर भी विदा होंगे सुना है उन के पेड़ में टिकोरे आने हैं

कल तक फूल थे जो आज फल बन गदराए घूम रहे हैं
देखिए मौसम बदल गया रुप की धूप में जलाने आए हैं

आम में बौर देखता हूं और तुम्हें खोजता हूं

नदी में नाव चलती है और तुम्हें सोचता हूं
आम में बौर देखता हूं और तुम्हें खोजता हूं

इस डाली से उस डाली कूदना एक खेल था
चढ़ गया हूं जैसे पेड़ पर और तुम्हें हेरता हूं

बाज़ार बहुत विकट है संबंधों का हर कहीं
मंदिर में हाथ जोड़े खड़ा हूं तुम्हें जोहता हूं

नदी में अचानक उछलती मचलती मछली
डुबकी मार जल के भीतर भी तुम्हें देखता हूं

फागुनी हवा बहती है तुम्हारी गंध आती है
तुम्हारी गंध में डूब कर भी तुम्हें खोजता हूं

खेत में अरहर की छीमी पक कर बजती है
मह-मह महकती मादक पुकार खोजता हूं

तुम्हारी याद की नदी में बाढ़ आ गई बहुत
बाढ़ में फंस गया अब एक नाव खोजता हूं

तुम्हारे आने की आहट जब कभी होती है
सीढ़ी चढ़ती पायल की झंकार खोजता हूं

आग बन कर मन को दहकाने लगे हैं

गुलमोहर में भी फूल अब आने लगे हैं
आग बन कर मन को दहकाने लगे हैं

यह मौसम है कि मौसम की महक है
पलाश वन भी मन को सुलगाने लगे हैं

तुम्हारी याद है कि यादों का चंदन वन
चंदन की तरह मन को महकाने लगे हैं

एक दिन है एक रात है सूरज चांद भी
एक तुम्हारा काजल सब बौराने लगे हैं

फागुनी हवा में उड़ता तुम्हारा आंचल है
मादक हवा में मेरे बोल तुतलाने लगे हैं

महफ़िल में तुम्हारे हुस्न की दस्तक है
चूम लिया है तुम्हें लोग घबराने लगे हैं

तुम कहां हो कैसी हो किस नगरी में हो
यह मौसमी गाने हम को सताने लगे हैं

मेरे ही कांधे पर सिर रख कर दुलराना मुझे

अच्छा लगा तुम्हारा इस तरह गुहराना मुझे
मेरे ही कांधे पर सिर रख कर दुलराना मुझे

सब कुछ भूल भाल कर चंद्रमा को निहारना
मेरी ही गोद में बैठ कर फिर ललचाना मुझे

हर बात पर अड़ना बिफरना तुम्हारी अदा
हर पल हर कहीं हर बात पर तरसाना मुझे

नहीं एक वह दिन भी था जब तुम ही तुम थी
चांदनी में तुम्हारा नहाना फिर भरमाना मुझे

चांदनी अलग तड़पे और बरखा अलग बरसे
तुम्हारा एक ही काम हर हाल तड़पाना मुझे

डराती रहती हो नाराज होती रहती हो बेवजह
फिर भी भेजती रहती इश्क का परवाना मुझे

जाने यह अभिनय है कि हक़ीक़त है राम जाने
मर-मर जाता हूं पुकारती हो जब दीवाना मुझे

तुम्हारी आंख में मुझे खींचने वाला अब वह चुंबक नहीं रहा

एक एक पैसा बचाते थे जिस में घर में वह गुल्लक नहीं रहा
तुम्हारी आंख में मुझे खींचने वाला अब वह चुंबक नहीं रहा

अब वह बेकली अकुलाहट वह लजाते हुए बांहों में आ जाना
मिलते ही चिपक जाने वाला कटहल का वह लासा नहीं रहा

तुम मुझे वैसे ही गुहराओ वैसे ही मिलने के लिए दौड़ आओ
तुम्हारी पुकार में ललक लय फुसफुसाने का गहना नहीं रहा

तुम्हारी देह की गायकी में मन का हुलस-हुलस लहक जाना
पियानो की तरह बजना फिर बांसुरी सा बज जाना नहीं रहा

वह तड़प वह कसमसाहट बाहों में आने की वह गुनगुनाहट
प्रेम की धार में बेसुध हो कर बेलौस बहना बहाना नहीं रहा

उजड़ गया है वह मधुबन वह नदी जिस में हम गाते नहाते
ठहर गया समय जैसे गोया कह रहा वह ज़माना नहीं रहा

लेकिन उस राह उस मधुमास से हम क्या कहें कैसे कहें
मेरा चांद डूब रहा है उस की चांदनी का सहारा नहीं रहा

जैसे कोहरे में डूब रही हो वह राह वह जंगल और वह वृक्ष
धड़कता था हमारा दिल जिस सबब वह फसाना नहीं रहा

हमारी जान हमारी शान का किला आखिर टूटा भी कैसे
हमारे प्यार का यह फसाना यह तराना गाने वाला नहीं रहा

मैं तो हर पल हरियाली बीन रहा हूं

कभी जीप तो कभी हाथी पर बैठकर जंगल-जंगल फोटो खींच रहा हूं
अपने भीतर तुम को चीन्ह रहा हूं मैं तो हर पल हरियाली बीन रहा हूं

शहर से घबरा कर लोगों से आज़िज हो भाग गई है गांव छोड़ गौरैया
कोयल गाती अमराई में नाचे मोर भरी दुपहरिया टिकोरे बीन रहा हूं

तुम मिल गई हो अचानक किसी मोड़ पर और मैं राह ढूंढ रहा हूं
खेत कट गया हो जैसे और मैं झुक कर गेहूं की बाली बीन रहा हूं

लकड़ी का चूल्हा हो तेज़ हवा हो आंच लाख संभाले भी ना संभले
जैसे अदहन, में चावल रीझे तुम्हारी आंच में मैं वैसे ही सीझ रहा हूं

बार-बार तुम आती-जाती हो बेलगाम मन रह-रह बउरा जाता है
मन में महक रही हो तुम और मैं निहुरे-निहुरे महुआ बीन रहा हूं

बादल रोक लेते हैं हमारे हिस्से की धूप कुछ दीवार रोक लेती है
तुम स्वेटर बुनो हमारे लिए तुम्हारे लिए सपने सलोने बीन रहा हूं

जवानी बीत रही है कि जैसे नीरस ज़िंदगी बेरोजगारी का आलम है
तुम्हारी याद में खोया हुआ जैसे तुम से तुम्हारे दुःख को छीन रहा हूं

धूल उड़ातीं गायें लौट रहीं घर बछड़े दौड़ रहे हैं हुमक-हुमक कर
दिन बीत रहा है ऐसे गोया वन में चमकता हुआ सूरज ढूंढ रहा हूं

तुम हमारे साथ हो यह साथ ही सर्वदा याद रखते हैं

हम तो सर्वदा अच्छी बात, अच्छी याद याद रखते हैं
तुम हमारे साथ हो यह साथ ही सर्वदा याद रखते हैं

आधी फसल पक जाए आधी हरी रह जाए खेत में जैसे
तुम्हारी देह में उग आया यह कंट्रास्ट हम याद रखते हैं

तुम्हारे साथ भीगे थे हम जब पहली बार लांग ड्राईव में
वह मिलना वह बरखा की पहली बौछार याद रखते हैं

तुम्हारा बाहों में आना कसमसाना और फिर पिघल जाना
अभी नहीं और नहीं आज नहीं फुसफुसाना याद रखते हैं

तुम्हारी मर्जी तुम्हारी सुविधा तुम्हारी इज़ाज़त का मान
मंदिर में देवी की आराधना की तरह हम याद रखते हैं

जैसे कोई कोंपल निकलती है पेड़ की किसी शाख पर
वैसे ही तुम्हारा टटकापन तुम्हारा हरापन याद रखते हैं

गीली तौलिया बिस्तर पर रखते ही तुम्हारा भड़क जाना
अच्छा नहीं लगता पर तुम को सिर चढ़ाना याद रखते हैं

एक लड़का भीगता है घर के आंगन में बरसात होने पर
बारिश के पानी में नहाना अम्मा से पिटना याद रखते हैं

तुम्हारे साथ बहते हुए रहना चाहता हूं

मुझे तैरना नहीं आता बहना जानता हूं
तुम्हारे साथ बहते हुए रहना चाहता हूं

किसी जोगी की तरह तुम्हें साथ ले कर
इस नगर से उस नगर घूमना चाहता हूं

रमता जोगी बहता पानी कबीर कहते
प्यार की इसी धार में बहना चाहता हूं

फागुन की मस्त दस्तक है और तुम हो
सुर में सुर मिला फगुआ गाना चाहता हूं

समंदर आकाश दूर से मिलते दीखते हैं
चंदन पानी की तरह मिलना चाहता हूं

लहराती और लचकती हुई तुम कइन जैसी हो

वसंत विदा हुआ नहीं है दिखती चईत जैसी हो
लहराती और लचकती हुई तुम कइन जैसी हो

रात रानी महकी हो रात भर जैसे बेला के साथ
घर के दुआर पर फुदकती तुम गौरैया जैसी हो

महुआबारी की बहार में झूमती झामती हुई तुम
ग़रीब बच्चे के गले में महुआ की माला जैसी हो

हरसिंगार की तरह प्यार में निर्झर झरती हुई तुम
मनुहार में भीगी आग लगाती गुलमोहर जैसी हो

तुम्हारा आना मिलना और झटके से लिपट जाना
मचलती बाहों में गोया नदी में आई बाढ़ जैसी हो

मन यायावर है ठहरता ही नहीं
पारे की तरह फिसलता बहुत है

तुम ने मुझे बिगाड़ दिया बहुत है आती तुम्हारी याद अब बहुत है
मन यायावर है ठहरता ही नहीं पारे की तरह फिसलता बहुत है

गौरैया की तरह फुदकती आ जाओ मन की गिलहरी पेड़ पर है
प्रेम के इस वन में वासंती हवाएं हैं जहां एक हाथी घूमता बहुत है

तुम हो तो वसंत है फागुन और सावन है वरना इन के क्या मायने
तुम्हीं से वसंत महकता है बहकता फागुन बरसता सावन बहुत है

सहजन के पेड़ों पर फूल आए हैं कटहल पर छोटे-छोटे फल हैं
प्यार जैसे कोई बहती हुई हवा है सुगंध भर कर बहती बहुत है

हमारी दोस्त हो तुम दुश्मन भी तुम्हीं हमारी ज़िंदगी और मौत भी
इतना यकीन इतना भरोसा इतना इत्मीनान जीने के लिए बहुत है

जिद के आगे तुम्हारी हम हार-हार जाते हैं मनाना बहुत मुश्किल
तुम्हारा मूड है कि कोई मौसम है बात बेबात बदलता अब बहुत है

अम्मा और तुम्हारे बीच में कोई फर्क है ही नहीं हम करें भी क्या
विदा होते समय तुम भी रुलाती हो बहुत वह भी रुलाती बहुत है

तुम्हारी प्रेम नदी में
साईबेरियन पक्षी की तरह हम उड़े हैं

पतझड़ गुज़र गया है पेड़ों से हम टूटे पत्तों पर ही खड़े हैं
तुम्हारी प्रेम नदी में साईबेरियन पक्षी की तरह हम उड़े हैं

हम तो चुप खड़े हैं पर पत्ते चुप नहीं रहते बोलते बहुत हैं
इंतज़ार की बेकल नदी में नहाए तुम्हारे स्वागत में खड़े हैं

इंतज़ार याद और प्यार के मस्त बादल आंखों में बसे हैं
पांव दोनों थक गए तुम्हारे इंतज़ार में हम कब से खड़े हैं

डरते रहते हैं पर मरते हैं बहुत तुम्हारे लिए दिन रात हम
हरदम अकुलाए रहते हैं पानी में जैसे आग लगाए खड़े हैं

तुम्हारी ख्वाहिश तुम्हारी फरमाइश और आजमाइश में हम
जैसे पर्वत की छाती पर देवदार हैं हम सीना ताने हुए खड़े हैं

इंतज़ार की नींद तोड़ती हैं यादों की गठरी खोलती हैं हवाएं
आम में बौर गेहूं में बालियां सरसो के फूल मदमाते खड़े हैं

प्यार की धरती गुहराती है तुम्हें तुम भी उड़ आओ जहां भी हो
सिमट आओ प्रेम के निर्मल आकाश में बाहें फैलाए हुए खड़े हैं

हम प्रेम के पक्षी हैं धरती आकाश नदी समुद्र सब यहां बराबर हैं
तुम हमें जितना सताओ तुम्हारे लिए मीलों आकाश में हम उड़े हैं

तुम्हें पाने की लालसा में तुम्हारा इंतज़ार परीक्षा देने जैसा ही है
तुम चाहे जितना भुलाओ तुम्हारे दिल में नगीने की तरह जड़े हैं

वैलेंटाईन की बांसुरी
बज रही बहुत मीठी तुम चली आओ

प्रेम के वृक्ष पर कोंपल नई अभी खिली है तुम चली आओ
वैलेंटाईन की बांसुरी बज रही बहुत मीठी तुम चली आओ

सीटी बजाती हवा है लहराते हुए बादल पत्तों में खनक है
घाट बंधी नाव खुल गई है झूमती नदी है तुम चली आओ

मछुवारे घूमते हैं नदी किनारे कंधे पर भारी जाल डाले
प्रेम नदी में मछली कूद रही है मुसलसल तुम चली आओ

घंटियां बज रही हैं जैसे मंदिर में तुम्हारी आवाज़ आती है
दिल की घाटी में खिले सारे फूल बुलाते हैं तुम चली आओ

आम में मंजरियां आ गई हैं मादक महुआ अब फूलने को है
गोद में बच्चा किलकारियां मारता बहुत है तुम चली आओ

नए पत्ते आने के पहले पुराने टूट जाते हैं कि साथी छूट जाते हैं
बाग में पत्ते टूटे बहुत हैं कि जैसे मैं हूं लेकिन तुम चली आओ

मछुवारे बैठे हैं तालाब में कंटिया बिछाए चारा भी लगाए हैं
ओस सूख रही है पत्तों से दूब घायल बहुत है तुम चली आओ

प्रेम का पहाड़ा कितना कठिन है बता देता है

बालम चिरई का वसंत मुझे संत बना देता है
प्रेम का पहाड़ा कितना कठिन है बता देता है

धड़कती रहती है हमारे दिल में बालम चिरई
भूकंप वहां भी भारी है चुप रहना बता देता है

प्यार की पुकार नदी भी सुनती गुनती रहती है
नदी भी कितना तड़पी है किनारा बता देता है

एक लड़की है जो मेरी गली से गुजरती रहती है
वह प्यार में पागल है उस का चेहरा बता देता है

पैरों में उस के पायल है वह चुपचाप चलती है
पायल का शोर दिल की धड़कन बता देता है

पतंग उड़ती बहुत है दिल की डोर तुम्हारे हाथ
उड़ाना संभल कर है पास का पेड़ बता देता है

कई पक्षी साथ उड़ते हैं साथ छोड़ते नहीं कभी
समर्पण कितना ज़रुरी है आसमान बता देता है

फागुन की मस्त दस्तक है हम हर हाल हैपी हैं

जानम तुम्हारी तुम जानो हम हर हाल हैपी हैं
फागुन की मस्त दस्तक है हम हर हाल हैपी हैं

वसंत मन जोड़ देता है कि मौसम मोड़ देता है
मन के खेत में खड़ी सरसो के पीले फूल हैपी हैं

तुम फूल सी महको गमको सोने की तरह चमको
दूब पर हरसिंगार की तरह बिछ कर हम हैपी हैं

मन के दर्पण में ऐसे ही बरबस कूदो छलक जाओ
नदी में जैसे मछली कूदती रहती है वैसे ही हैपी हैं

गेहूं की बालियों में जैसे दूध पूरा उतर आया हो
औचक सौंदर्य के नयनाभिराम में भरपूर हैपी हैं

पानी अब कहां रहता है नदियों में कि धार गायब है
नदियों में बाढ़ आई है जैसे जवानी पा कर हैपी हैं

चांद की तरह चमको चाहे तारों की तरह चमको
गर्दिश सारे तुम्हारे ओढ़ लेंगे हम इसी में हैपी हैं

बहुत कर चुका प्रपोज तुमको अब तुम्हारी बारी है

आज के दिन फिजिक्स तुम्हारी केमेस्ट्री हमारी है
बहुत कर चुका प्रपोज तुम को अब तुम्हारी बारी है

सूरज रोज निकलता है चांद निकलना रोज होता नहीं
इंतज़ार की सारी रात हमारी है खिली चांदनी तुम्हारी है

तुम यह कहो या वह कहो तुम्हारी चांदनी में जीता हूं
दुनिया चाहे जो कहे खरबूज मैं हूं और छुरी तुम्हारी है

पहले आंखों में बसी दिल में उतरी ज़िंदगी में बस गई
रोम-रोम में बस कर क्या सातो जनम की तैयारी है

रुंधती रहती हो हर क्षण मुझे किसी कुम्हार की तरह
गीली मिट्टी हूं जो चाहो बना लो यह दुनिया तुम्हारी है

बहुत संवार चुकी मुझ को आज खुद को संवारने दो
प्रपोज तुम करो स्वीकार करने दो मुझे मेरी बारी है

प्रधान मंत्री तुम गृह मंत्री तुम वित्त मंत्री भी तुम्हीं हो
शासन तुम्हारा ही है लेकिन आज राष्ट्रपति की बारी है

कांटे सारे हमारे गुलाब सारे तुम्हारे हैं

तुम रहो न रहो हम तो सर्वदा तुम्हारे हैं
कांटे सारे हमारे गुलाब सारे तुम्हारे हैं

दिन गुलाब का है खुशबू में नहा जाओ
शहर की हर महफिल में चर्चे तुम्हारे हैं

तुम आई हो तो इतना तो हक़ बनता ही है
गुलाब की तरह महको तुम्हारी ही बहारें हैं

तुम्हीं मेरी चाहत तुम्हीं मेरी सदाकत हो
तुम्हारी उल्फ़त और नज़ाकत के मारे हैं

वसंत नहीं आया बागों में बौर नहीं आए
पर क्या करें हम तो दशहरी के मारे हैं

सावन का इंतज़ार करना क्या न करना
झूले पर बैठ जाओ बाग़ तो सारे तुम्हारे हैं

मौसम खुशी का है रंज सारे धो डालो
हम प्रेम के कबूतर हैं न जीते हैं न हारे हैं

तुम इशारों में नाहक बात करती रहती हो
इशारे छोड़ो साफ बोल दो कि हम तुम्हारे हैं

तुम्हारा चेहरा मन में रह-रह झलकता है
नदी का किनारा है और कोहरे के मारे हैं

ठंड जैसी भी हो डराती नहीं कभी मुझे
मेरी देह पर बुने हुए स्वेटर तुम्हारे हैं

पुराने नवाब किस्से कहानियों के हिस्से हैं
अब के नवाब बिरयानी कबाब के सहारे हैं

इश्क में कोई बड़ा भी जो पड़ जाए तो बच्चा लगने लगता है

झूठ बोलना भी ज़िंदगी में कभी-कभी अच्छा लगने लगता है
इश्क में कोई बड़ा भी जो पड़ जाए तो बच्चा लगने लगता है

तुम से मिलने का वक्त तय हो और दीदार तुम्हारा हो मुश्किल
इंतज़ार करते भरी भीड़ में तन्हा रहना अच्छा लगने लगता है

तपती दोपहर हो या बरसता मौसम कोई मौसम मौसम नहीं रहता
तुम से मिलते ही प्रेम का पर्वत हिमालय बन कर पिघलने लगता है

प्रेम पत्र लिखते मेसेज भेजते वाट्स-अप करते-करते थकती है प्रेमिका भी
फूल और तितली का मोहक खेल भी एक मोड़ पर फीका पड़ने लगता है

साफ्टवेयर कैसा भी हो अपडेट मांगता मिलता है अगर अपडेट न हो तो
एक वक्त के बाद प्रेम का नीला आकाश भी समंदर में गोते मारने लगता है

नशा पैसे का हो शराब का हो रुतबे या इश्क का संभलने नहीं देता
नशा तो आख़िर नशा है आदमी जैसा भी हो लड़खड़ाने लगता है

दु:ख किसी को लाख घेरे ज़िंदगी और खुशी में दोस्ती बहुत पुरानी है
तकलीफ जैसी भी हो उबरते ही आदमी फिर से मुसकुराने लगता है

ज़िंदगी की मैथमैटिक्स में अब स्वाभिमान कम समझौते ही ज्यादा हैं
खाद और पानी समय से न मिले तो हरा-भरा खेत भी पियराने लगता है

लेन-देन की ज़िंदगी में सच की नहीं विज्ञापन की बाज़ीगरी बढ़ती गई है
ऐसे में कोई भूले से अगर सच भी बोल जाए तो वह झूठा लगने लगता है

मूसलाधार बारिश हो और हवा में छाता भी उड़ जाए तो भीगना लाजिम
उधार जब ज़्यादा लंबा खिंच जाता है तो हर ऐरा-गैरा भी बोलने लगता है

तुम्हारे पास ख़ुद को छोड़ आया हूं

सुख जितना था सब बटोर लाया हूं
तुम्हारे पास ख़ुद को छोड़ आया हूं

एक मन था जो तुम से जोड़ आया हूं
अपनी याद का कोहरा छोड़ आया हूं

जो जागती है मन में तुम्हारे मिलने से
वह खनक तुम्हारे पास छोड़ आया हूं

किसी रात के इंतज़ार का गाना था वह
गा सको जिसे वह गाना छोड़ आया हूं

एक नदी है अनुभूति की जो भीतर
उस बहती धार को छोड़ आया हूं

बहता पानी हूं मैं संभाल में नहीं आता
स्मृतियों की पावन नदी छोड़ आया हूं

सोचता हूं तुम अकेली कैसे होगी
इस ज़िंदगी का रुख मोड़ आया हूं

बटोर कर सहेज लेना मुझे आंचल में
तुम्हारे प्यार की छुअन छोड़ आया हूं

हम हार-हार जाते हैं जब तुम नहीं होती हो

जाड़ा बहुत लगता है जब तुम नहीं होती हो
हम हार-हार जाते हैं जब तुम नहीं होती हो

बहते-बहते कहीं ठहर जाती है सुख की नदी
गंगोत्री सूख जाती है जब तुम नहीं होती हो

तोड़ देता है अकेले रहना चांद चिढ़ाता है
मार डालती है भूख जब तुम नहीं होती हो

धूप रजाई कंबल हीटर ब्लोवर स्वेटर कोट
सब बेकार होता है जब तुम नहीं होती हो

बरसात हो रही है सरसों के फूल भीगते हैं
भिगोती नहीं वह मुझे जब तुम नहीं होती हो

रात सो पाता नहीं दफ़्तर में नीद आती है
सपने भी डराते हैं जब तुम नहीं होती हो

सपना बन जाता है जीवन का आनंद भी
सब भूल जाता हूं जब तुम नहीं होती हो

पड़ोसन भी डाइन और चुड़ैल लगती है
चांदनी जलाती है जब तुम नहीं होती हो

मेरी इच्छाओं के सारे घोड़े वह अपने विजय रथ में बांध लेती है

जीतना उस का मुकद्दर है हर संभव वह मुझ को साध लेती है
मेरी इच्छाओं के सारे घोड़े वह अपने विजय रथ में बांध लेती है

सुख की धूप उतरती है आहिस्ता-आहिस्ता आंगन में जब भी
डिवोशनल सरेंडर ही मुहब्बत है यह बात औरत जान लेती है

सर्दी की नर्म धूप काफी का गरम प्याला तुम्हारा सजीला दुशाला
होशियार औरत मुहब्बत की तफ़सील सारी धीरे-धीरे जान लेती है

होशियारी का नशा मुहब्बत में काम आता नहीं कभी किसी सूरत
प्यार को गणित समझ ख़ुद को गुणा भाग में बुरी तरह बांट लेती है

लड़ाई लड़ती नहीं कभी बिन लड़े वह हर लड़ाई जीत जाती है
यह तब है जब वह हर युद्ध में बिना ढाल बिना तलवार होती है

रोती-बिलखती नहीं चीखती-चिल्लाती भी नहीं डिप्लोमेसी जानती है
मुश्किलें जब भी आएं जैसी भी आएं वह हरदम आसान कर लेती है

लोग छटपटाना जानते हैं बिखरना टूटना पर वह तो विजेता है
अपने रूप अपने दर्प और नाज़ नखरे से वह कमाल कर देती है

लोगों का आना-जाना, रह-रह कर तुम्हारा चिहुंक जाना सिहरना
जैसे वह ख़ामोश सड़क हर संभव तुम को मेरे नाम कर देती है

अहंकार आदमी को तोड़ देता है दुनिया उस की तबाह होती रहती है
औरत जैसी भी हो धैर्य उस की ताक़त पुरुषों को हर संभव साध लेती है

बरबाद करने को शक का घरौंदा काफी है कुछ रहता नहीं है बाकी
जैसे कोई झगड़ालू औरत सनक में घर की सारी सुख शांति चाट लेती है

गंगा सागर हो आया हूं
अब तुम्हारे द्वार आना चाहता हूं

तीरथ सारे कर चुका अब तुम्हारे साथ आना चाहता हूं
गंगा सागर हो आया हूं अब तुम्हारे द्वार आना चाहता हूं

मोह माया सब हमारे साथ है छूटा नहीं है कुछ भी न छूटेगा
दुनिया जालिम हो बुरी हो पर इसी दुनिया में जीना चाहता हूं

बहुत हो चुका पाखंड जीवन में और चल सकता नहीं किसी सूरत
प्रेम की अपनी पाठशाला में फिर तुम को बेकरार करना चाहता हूं

ज़िंदगी के जंगल में सांस की सरगम बांसुरी की मीठी तान सी है
बजे तबला धिनक धिन तो रवि शंकर का सितार होना चाहता हूं

चश्मा रंगीन हो और नज़र साफ तो सब कुछ रंगीन लगता है
दिलकश और दिलचस्प दुनिया है सरे आम कहना चाहता हूं

पैसा पावर सेक्स का जाल है बहुत गहरा इसे तोड़ना मुश्किल
हिप्पोक्रेटों की बात अलग है पर मैं खुले आम कहना चाहता हूं

लेकिन यह मन के जंगल की आग है

यह धुंध में खोया हुआ सिक्किम का जंगल है जंगल में मैं हूं मुझ में आग है
आग का दरिया पार करना आसान है लेकिन यह मन के जंगल की आग है

आग बुझती नहीं है मन की आसानी से मन का जंगल भी पार होता नहीं है
तुम समझती हो स्विच आफ करने से बुझ जाएगी यह क्या बिजली की आग है

करंट फैला हुआ है सारे जंगल में तुम्हारी आहट का ग़ोशा-ग़ोशा धड़कता है
कालिदास के मेघदूत से बुझती नहीं है यह तुम्हारी आंखों के जंगल की आग है

एक अनबूझ सिलसिला है कोहरे और जंगल का पल-पल दहशत धड़कती है
रौशनी की एक नदी गुज़रती है बीच जंगल से इस नदी में मुहब्बत की आग है

नदी में चांदनी छिटकती है तो चांद की परछाईं भी नहीं दिखती है साफ पानी में
मुहब्बत में दिन खराब होते हैं तो जलाती है चांदनी भी यह चांदनी की आग है

जंगल ज़िंदगी का अनमोल हिस्सा है कितना काटोगे और लूटोगे बेईमानों
तुम्हारा घर बचेगा हरगिज नहीं यह ईमानदारी में महकते पसीने की आग है

बेईमानों की फाइलों में पाप का घड़ा भर जाता है तो दफ्तर में आग लगती है
ख़बर अकसर छपी मिलती है शहर के अखबारों में यह शार्ट सर्किट की आग है

मैं सड़क पर हूं घने कोहरे में
खोया ख़ुद को खोजता हुआ

धुंध में घिरा खामोश खड़ा हूं खुद से खुद को तोलता हुआ
मैं सड़क पर हूं घने कोहरे में खोया खुद को खोजता हुआ

सड़क सूनी है स्ट्रीट लाईट बुझी हुई दूर तक गहरा सन्नाटा
रात के अंधेरे में ओस में भींगता सिर्फ़ तुम को सोचता हुआ

आंखों में कोई सुरीला सपना है चुप-चुप धुंध में चलता हुआ
ऐसे कि जैसे कोई आईना हूं मैं खुद में तुम को खोजता हुआ

यह चुप रात है सन्नाटा है या कोई ब्लैक एंड ह्वाईट फिल्म है
कैमरा है एक-एक शाट में किसी कहानी को खोलता हुआ

यह ओस में भीगी सड़क है मैं हूं सुलगता हुआ सन्नाटा है
इस सन्नाटे में भी एक सुर है संतूर की मिठास घोलता हुआ

कोहरे में डूबी इस सड़क के सन्नाटे में तुम्हें सोचना वैसा ही है
जैसे ग़रीब सोचता है कोई सुख एक-एक पैसा जोड़ता हुआ

जैसे कोई बूढ़ी औरत भूसे में सूई खोजे ठीक वैसे ही कई बार
खोजता रहता हूं भरी भीड़ में भी निरंतर तुम्हें कोसता हुआ

इश्क कर के देखो इश्क आदमी को बादशाह बना देता है

सचाई नेकी ईमान और तप आदमी को ख्वाजा बना देता है
इश्क कर के देखो इश्क आदमी को बादशाह बना देता है

परेशान करता है अकबर भी ख्वाजा को चमचों के चक्कर में
ख्वाजा तो ग़रीब नवाज़ है अकबर को भी दीवाना बना लेता है

औरंगजेब की तलवार और उस के खून खराबे में क्या रखा है
शाहजहां बन कर देखो जो मुहब्बत को ताजमहल बना देता है

सच मार खाता रहता है ईमानदारी से बड़ा कोई मजाक नहीं है
जुर्म कामयाब हो कर क़ानून को बेबस और लाचार बना देता है

फक्कड़ होना सच बोलना नदी की तरह बहना और सहना
घर फूंक तमाशा देखना ही आदमी को कबीर बना देता है

सहजता सरलता सजगता सलीका जन्नत का दरवाजा है
ऐंठ अकड़ अहंकार में जीना ज़िंदगी को नरक बना देता है

पानी से घिरा रह कर भी आदमी प्यासा रह जाता है
समुद्र में जहाज खो जाए तो वक्त ऐसे ही सजा देता है

यकीन न हो तो राजनीति के जंगल में उतर कर देखो
कुर्सी का दांव-पेंच आदमी को क्या से क्या बना देता है

नीले आकाश में तुम्हारे साथ उड़ जाने को दिल करता है

का गुइयां का करें अब पंछी हो जाने को दिल करता है
नीले आकाश में तुम्हारे साथ उड़ जाने को दिल करता है

यह हरी दूब, यह फूल, फूल की खुशबू साथ ले चलेंगे
प्रेम के अनंत आकाश में घरौंदा बनाने को दिल करता है

नदी बेचैन है सागर से मिलने को बहुत बेचैन मैं भी हूं
तुम्हारे प्रेम के समंदर में डूब जाने को दिल करता है

दूध जैसे उबलता है उफन कर गिरता है ठीक वैसे ही
मचल कर तुम्हारी बांह में घिर जाने को दिल करता है

पूर्णमासी की रात है मचलती हुई काशी की गंगा है
इस चांदनी में तुम्हारे साथ नहाने को दिल करता है

शीत में डूबी हुई है सुबह, सांझ कोहरे के धुंध में
तुम्हारी देह के कोहरे में खो जाने को दिल करता है

ड्राइंग रूम भी कोई बैठने मिलने की जगह है भला
गांव वाले घर के ओसारे में बैठने को दिल करता है

तुम हो तो लव है

तुम हो तो लव है लव है तो सब है
प्यार की नाव में नदी बहती अब है

फूल सी खुशबू चांदनी सी चाहत
ज़िंदगी में तुम्हारे आने से अब है

दुनिया बड़ी खूबसूरत हो जाती है
तुम्हारा हाथ, हाथ में होता जब है

तुम्हारी सांस तब सांस कहां होती
हमारी सांस से मिलती जब-जब है

हमारी सांस की हर एक धड़कन
प्यार की दीवार पर लिखी अब है

रंग है रंगीनी भी हमारी आंख में
परछाई तुम्हारी झलकती जब है

बह रहा हूं तुम्हारे प्यार के जल में
बीच धार हूं मिलता किनारा कब है

तुम्हारी आंख एक चंचल नदी है
देर तक इस में ठहरता कोई कब है

डरता हूं तुम जब जिरह करती हो
टूट न जाए डोर खौफ़ बहुत अब है

तुम्हारे प्यार की आग में डूबा हुआ हूं
मेरी ज़िंदगी का निर्मल सच यही अब है

प्राण में पुलकित नदी की धार मेरी तुम कहां हो

यह मन के दीप जलने का समय है तुम कहां हो
प्राण में पुलकित नदी की धार मेरी तुम कहां हो

रंगोली के रंगों में बैठी हो तुम, दिये करते हैं इंकार जलने से
लौट आओ वर्जना के द्वार सारे तोड़ कर परवाज़ मेरी तुम कहां हो

लौट आओ कि दीप सारे पुकारते हैं तुम्हें साथ मेरे
रौशनी की इस प्रीति सभा में प्राण मेरी तुम कहां हो

देहरी के दीप नवाते हैं बारंबार शीश तुम को
सांझ की इस मनुहार में आवाज मेरी तुम कहां हो

न आज चांद दिखेगा, न तारे, तुम तो दिख जाओ
सांझ की सिहरन सुलगती है, जान मेरी तुम कहां हो

हर कहीं तेरी महक है, तेल में, दिये में और बाती में
माटी की खुशबू में तुम चहकती, शान मेरी तुम कहां हो

घर का हर हिस्सा धड़कता है तुम्हारी निरुपम मुस्कान में
दिल की बाती जल गई दिये के तेल में, आग मेरी तुम कहां हो

सांस क्षण-क्षण दहकती है तुम्हारी याद में, विरह की आग में तेरी
अंधेरे भी उजाला मांगते हैं तुम से, अरमान मेरी तुम कहां हो

यह घर के दीप हैं, दीवार और खिड़की, रंगोली है, मन के पुष्प भी
तुम्हारे इस्तकबाल ख़ातिर सब खड़े हैं, सौभाग्य मेरी तुम कहां हो

मीरा का एकतारा
बजता रहता है और मन मोहन हो जाता है

कृष्ण की बांसुरी बजती है जैसे राधा का मन वहीं खो जाता है
मीरा का एकतारा बजता रहता है और मन मोहन हो जाता है

जब बहुत बरसात होती है तो सूरज बादलों में जैसे खो जाता है
प्यार में जो जिरह बहुत करते रहते हैं उन का प्यार खो जाता है

प्यार मीरा का हो या राधा का रंग जैसा भी हो मौसम कोई भी
धुन उस की जुदा-जुदा सही गाते-गाते वह मस्त कबीर हो जाता है

रोके रुकता नहीं है कोई भी नहीं तुम भी कभी कहां रूकती हो
रात कितनी जालिम हो या लंबी सूर्य उगते ही अंधेरा खो जाता है

तुम हरदम कहती रहती हो इतना ज़्यादा मुझ को सोचा मत करो
सोचता कहां हूं तुम को मैं तो जीता हूं मन में उजियारा हो जाता है

सर्दी कहीं भी एक जैसी नहीं होती शिमला और शिलांग की भी नहीं
संस्कृतियां बदल जाती हैं बोली और अंदाज़ भी भूगोल दो हो जाता है

सर्दी तो बेनाम इश्क है कभी शिलांग कभी शिमला के नाम हो जाता है
होटल वही घोड़े वही अंदाज़ भी कभी मसूरी कभी नैनीताल हो जाता है

रॉकेट साईंस या पैसे के गणित में जीने वाले अभिनेताओं के क्या कहने
प्यार किसी फ़िल्म का अभिनय होता नहीं है वह तो होता है तो हो जाता है

देवदास लोग रोया नहीं करते सब के सामने

इस लिए मैं चुप रहता हूं सर्वदा सब के सामने
देवदास लोग रोया नहीं करते सब के सामने

नयन में नीर सब के होता है दिखाता कोई नहीं
छुपाता हर कोई पर घाव होता है सब के सामने

टूट जाते हैं , मिट जाते हैं, मर जाते हैं बड़े-बड़े सूरमा
प्रेम की नुकीली नागफनी जब डसती है सब के सामने

हंसना सब को आता नहीं मुश्किल बहुत है चोट खा कर
मस्त बहारों का आशिक बन कर घूमना सब के सामने

ज़िंदगी का जहर सब को सूट करता नहीं वह तो मैं हूं
बात-बेबात ठहाका लगाता रहता हूं सब के सामने

नौकरी बांधती है बैल की तरह खूंटे से पर मैं हाजिर हूं
आवारा बादल की तरह घूमता हुआ सब के सामने

नागफनी की मुश्किल किस के जीवन में उगती नहीं
गुलाब खिलता है कांटों के बीच रह कर सब के सामने

रोता मैं भी हूं अकेले में जब-तब अपने घाव सहलाते हुए
अभिनेता नहीं हूं पलकें भीग भी जाती हैं सब के सामने

सफलता बांध लेती है बेजमीरी के गमले में बोनसाई बना कर
बड़े-बड़ों को देखा है कुत्तों की तरह पट्टा बांधे सब के सामने

कभी झुकता नहीं बेचा नहीं जमीर किसी सुविधा की तलब में
असफल हूं तो क्या हुआ सीना तान कर खड़ा हूं सब के सामने

जुबां अना जमीर सब सही सलामत है बेचा नहीं कभी कहीं
मेरी ज़िंदगी खुली किताब है हाजिर है सर्वदा सब के सामने

मुहब्बत में जहांपनाह होना आसान नहीं होता यारो
ताजमहल बना कर रोते हैं शाहजहां सब के सामने

एक सपना है मेरे भीतर जो खिल कर सूर्य होना चाहता है

एक नक्शा है जो मुकम्मल हो कर मंजूर होना चाहता है
एक सपना है मेरे भीतर जो खिल कर सूर्य होना चाहता है

फोड़ा पक गया है समस्याओं का पक कर नासूर होना चाहता है
दिल टूटता है तो जुड़ता नहीं है टूट कर मासूम होना चाहता है

यह कौन सा तनाव है कौन सा प्रारब्ध है कौन सी मंजिल
दफ़्तर दिल्ली में देह काशी में मन संगम नहाना चाहता है

शिव और बुद्ध का कोलाज हर किसी के भीतर घुमड़ता है
एक मन में गंगा बहती है तो दूसरा सारनाथ होना चाहता है

ओस में नहाई धरती है भाप में नहाई नदी निर्मल आकाश
हमारे प्यार का शहर बस कर सर्दी में संतूर होना चाहता है

ज़िंदगी क्या है ख्वाहिशों का एक अनबूझ सा दफ्तर है
दिमाग थक जाता है तो दिल चिकमंगलूर होना चाहता है

कभी-कभी नहीं अब दिल रोज मिलना चाहता है
तुम्हारा इंतज़ार अब बच्चों का स्कूल होना चाहता है

बच्चे लगे रहते हैं दिन-रात कंपटीशन की तैयारी में
सेलेक्शन होता नहीं तो सपना चकनाचूर होना चाहता है

हंसना हंसाना अच्छा है पर कभी-कभी

पीना-पिलाना अच्छा है पर कभी-कभी
हंसना हंसाना अच्छा है पर कभी-कभी

मैं तुम्हें खुद से ज़्यादा चाहता हूं ऐसा
झूठ बोलना भी अच्छा है पर कभी-कभी

प्यार करना, प्यार में जीना और तड़पना
प्यार में मरना अच्छा है पर कभी-कभी

इश्क-मुश्क और जीना मरना अच्छा है
प्यार में धोखा भी अच्छा है पर कभी-कभी

वफ़ा-बेवफ़ा, माजी, मौजू और हरारत
प्यार का टोटका अच्छा है पर कभी-कभी

यह बारिश, वह सर्दी, या मरी गरमी
इकट्ठा जीना अच्छा है पर कभी-कभी

क्या कहा प्याज खरीदना, प्याज काटना
प्याज खिलाना अच्छा है पर कभी-कभी

गुरबत तोड़ देती है बड़े-बड़े सपने तो क्या
गुरबत का गर्व भी अच्छा है पर कभी-कभी

मदहोश हो गए हैं रंग भी तुम से आज होली खेल कर

यह रंग बरसों याद करेंगे तुम से आज होली खेल कर
मदहोश हो गए हैं रंग भी तुम से आज होली खेल कर

फूल पागल गुलाल डगमग तुम्हारे कपोल पर लग कर
हथेलियां चहकी हुई बहकी हुई हैं आज होली खेल कर

तुम घुल गई हो रग रग में रंग बन कर मन के संगम में
कि जैसे गंगा बहती चली जाती जमुना से होली खेल कर

बांसुरी की तान में भीगी वृंदावन की गलियां डूबी हैं रंग में
मेरी राधा मुझमें ही नाच-नाच झूम रही आज होली खेलकर

यह कौन सा प्रयाग है मन का यह कौन सा तीर्थराज है
ढूंढता है प्रारब्ध जीवन का तुम में तुम से होली खेल कर

रंग बरसेंगे और तरसेंगे अगले बरस तक इस रंग खातिर
उमंग की गंगा में जिस तरह डुबोया आज होली खेल कर

संबंधों में लड़ नहीं पाता बस रास्ता बदल लेता हूं

अभिनय हो नहीं पाता सो सीन से निकल लेता हूं
संबंधों में लड़ नहीं पाता बस रास्ता बदल लेता हूं

दिख जाते हैं अब भी कभी कभार वह चौराहे पर
सिगरेट सुलगाता हूं सुलगता हूं और चल देता हूं

जो मिलते कम जलाते ज़्यादा उन से दूरी भली
होता मुश्किल है लेकिन फ़ैसला अटल लेता हूं

सपना मुहब्बत मरना जीना गगन बिहारी बातें हैं
बहुत प्यार आता है तो दर्पण देख मचल लेता हूं

मौसम उदासी मूड तनहाई और तंज में डूबी बात
याद करता हूं बेसबब बिना वजह उछल लेता हूं

आकाश उड़ान गुमान सब दु:ख देने के लिए बने
कहना सुनना बेमानी बर्फ़ की तरह गल लेता हूं

बहुत प्यार कर लेने के बाद पर्वत बन जाती है वह
मुश्किल हो जाती जब बहुत समंदर में ढल लेता हूं

जल जंगल ज़मीन सब अपने हैं बस एक वह नहीं
एक सपना बुनता हूं स्वेटर की तरह पहन लेता हूं

घुटन बहुत हो जाती ज़िंदगी में तो कभी रोता नहीं
मन की खिड़की सारी बहुत प्यार से खोल लेता हूं

जैसे वृक्ष में कोंपल जैसे दूब में दूध जैसे नभ में सूर्य
तुम्हारी श्रद्धा में डूब अपनी अंजुरी भर जल लेता हूं

नदी किनारे लाखों दियों की नदी थी कि तुम थी

पटाखे सी छूटती यह दीपावली थी कि तुम थी
नदी किनारे लाखों दियों की नदी थी कि तुम थी

रोशनी की नदी थी कि हमारे प्रेम की सदी
मनुहार की नदी में नहाया मैं था कि तुम थी

डूब गया था बीच धार बच गया जाने कैसे
लोग थे नाव थी पतवार थी कि तुम थी

मिलना अकुलाना अकुला कर मचल जाना
परछाई में मचलती मछली थी कि तुम थी

जगमग प्रेम की रोशनी थी सरयू का किनारा
नदी की धार में लचकती लहर थी कि तुम थी

राम के स्वागत में नाचती गाती अयोध्या है
सीता के सम्मान में डूबी रामधुन थी कि तुम थी

अमावस थी आकाश भी ओट में चांद भी
सुबह के सूर्य में चमकती ओस थी कि तुम थी

माल रोड पर
झूमती शिमला की रातें हैं

तुम्हारी याद है मदिरा में भीगी हुई रातें हैं
माल रोड पर झूमती शिमला की रातें हैं

तुम्हारा ज़िक्र है, तुम्हारा चित्र है मन में बसा
ह्विस्की के नशे में तुम्हारे बाल ही लहराते हैं

तुम्हारा भरा-पुरा गाल है, गाल पर चुंबन है
शिमला के टेढ़े मेढ़े रास्ते हैं शहद सी बातें हैं

एक गड्ढा है तुम्हारे गाल में, गड्ढे के नीचे तिल
जैसे किसी ऊंचे पहाड़ पर चढ़ाई की बातें हैं

खजुराहो की मूर्तियां तुम्हारे आगे बेकार हैं
तुम्हारे साथ गुज़री जो अनगिन नशीली रातें हैं

खजुराहो याद आता है वैसे ही तो रिश्ते नाते हैं
हमारे तुम्हारे बीच उस मधुबन की सौगातें हैं

याद आ रही हो तुम सिनेमा के रील की तरह
और याद में भीगी पिछली तमाम मुलाक़ातें हैं

अभी एक लड़की गुजरी रही है बगल से
किसी हिरणी की तरह उस की कुलांचें हैं

चीड़ों पर चांदनी ठहरी हुई है एक अरसे से
निर्मल वर्मा का शहर है उन की ही बातें हैं

एक सागर भी है शिमला में लहराता हुआ
मस्ती में डूबी बातें और उस की मुलाकातें हैं

शराब में डूबी हुई झूमती एक मस्त महफ़िल है
गुफ़्तगू में भूली हुई एक बालम चिरई की बातें हैं

लाल टीन की छत पर बतियाती दो चिड़िया बैठी हैं
बेटियों की तरह आकाश में उड़ जाने की बातें हैं

मुहब्बत अय्यासी नहीं भक्ति का एक पाठ होती है
लोग क्या जानें यह तो मुरली बजइया की बातें हैं

इश्क पाक़ीज़ा बना देता है जीना सिखा देता है
मीरा का भजन है अमीर खुसरो कबीर की बातें हैं

वह घुल गई है मेरी ज़िंदगी में ऐसे जैसे बताशा
बहुत गझिन बहुत हसीन यादों की बारातें हैं

बातें ख़त्म कहां होती हैं जब बिछड़े हुए मिल जाएं
लखनऊ की भूलभुलैया इमाम बाड़ा की बातें हैं

नदी है, नदी की धार है, नाव में हम तुम
दिलकश चांदनी में नहाई काशी की रातें है

रात गुज़री है तुम्हारे सपनों और खयालों में
सुबह के चमकते सूरज सा हम भी इतराते हैं

तुम से मिलने की चाहत और छटपटाहट
जैसे मन में रजनीगंधा के खिल जाने की बातें हैं

जैसे गांव से शहर आकर अम्मा मुझे विभोर कर देती है

होती है मुहब्बत तो दिल को चकोर कर देती है
जैसे गांव से शहर आ कर अम्मा मुझे विभोर कर देती है

घर में बच्चा किलकारियां मारता है तो खिलती है चांदनी
इतना खिलती है कि सारा आंगन अंजोर कर देती है

लोग हैं, पैसा है, अस्पताल है, डाक्टर हैं, और दवा भी
बीमारी कैसी भी हो मां की दुआ उसे कमज़ोर कर देती है

दरिया है, समंदर है कि धरती है, देखता नहीं कोई बादल
बरसता है तो भींगता है जंगल भी, चिड़िया शोर कर देती है

घर सब कुछ से भरा हो, तिजोरी भी हो लबालब लेकिन
नीयत ठीक न हो तो अच्छे-अच्छों को चोर कर देती है

गरमी हो, बरसात हो, या कि हो घनघोर सरदी भी
प्यार की तलब हर हाल तुम को मेरी ओर कर देती है

तुम से ऊबकर, खीझ कर मैं लाख बिदकूं और भागूं भी
तुम्हारे मन की निश्छलता और हंसी तेरी ओर कर देती है

तुम्हारे कपोल, अधर और आंखें, अनमोल है तुम्हारी बिंदी
प्यार की यह सारी अदा ही सर्वदा दिल मांगे मोर कर देती है

तुम्हारी चितवन, तुम्हारा नाज़, तुम्हारे नखरे बरसते हैं ऐसे
हर किसी के खेत को खुश जैसे घटा घनघोर कर देती है

सर्दी की धूप सेकने आंगन में जब बैठता है पूरा का पूरा घर मेरा
तुम्हारी याद और यादों की बारिश ज़िंदगी को सराबोर कर देती है

तुम्हारी चर्चा, तुम्हारा ज़िक्र, तुम्हारी वह फूल सी बातें
जो काम किसी मीठी तान में बांसुरी की पोर कर देती है

लोग खाते हैं बहुत कसमें लेकिन यह दुनिया भी बड़ी जालिम
होती है कोई बात ज़िंदगी में जो दुनिया भर में शोर कर देती है

सुख और दुःख के तार हैं बहुत छोटे कोई कुछ कर नहीं सकता
और जो कोई कर नहीं पाता वह आंख की भीगी कोर कर देती है

अम्मा ने बुढ़ौती में पिता से खुल कर बग़ावत कर दी है

अब और वह सह नहीं सकती यह मुनादी कर दी है
अम्मा ने बुढ़ौती में पिता से खुल कर बग़ावत कर दी है

चंद्रमुखी थी, सूरजमुखी हुई उपेक्षा की आग में जल कर
अब ज्वालामुखी बन कर पिता की हालत ख़राब कर दी है

जैसे दबी-दबी स्प्रिंग कोई मौक़ा मिलते ही बहुत ऊंचा उछल जाए
सहमी सकुचाई अम्मा ने अचानक उछल कर वही ऊंची कूद कर दी है

पिता एकदम से ख़ामोश हैं अम्मा का भाषण मुसलसल जारी है
इस तेजाबी भाषण ने घर की बाऊंड्री में बारूदी हवा भर दी है

घर बचे या जल कर भस्म हो जाए परवाह नहीं किसी बात की उस को
यह वही अम्मा है जिस ने इस घर के लिए अपनी ज़िंदगी होम कर दी है

अब वह सिर्फ़ घर नहीं, बच्चे नहीं, अपनी अस्मिता भी मांगती है
पिता जो कभी सोच सकते नहीं थे वह मांग उस ने आगे कर दी है

पुरुष सत्ता जैसे झुक गई है स्त्री की इस आग और अंदाज़ के आगे
जो झुकती नहीं थी कभी उस ने चुप रहने की विसात आगे कर दी है

पिता की तानाशाही उम्र भर चुपचाप भुगती कभी कुछ नहीं बोली
अब बोली है तो जैसे अन्याय के उस सूर्य की ही फ़ज़ीहत कर दी है

बच्चे ख़ामोश हैं, हैरान भी, न्यूट्रल भी माता पिता की इस इगो वार में
जवानी में जो करना था बुढ़ौती में अम्मा ने वह झंझट खुले आम कर दी है

अम्मा रोज भजन गाती थी तो घर खुशबू से भर जाता था, हम लोग महकते थे
घर में कर्फ्यू है, कोहरा है, इमरजेंसी से हालात ने सबकी ऐसी-तैसी कर दी है

गंगा में जैसे बाढ़ आई हो, बांध और बैराज तोड़ कर शहर में घुस आई हो
अम्मा ऐसे ही कहर बन कर टूटी है पिता पर और जीना मुहाल कर दी है

हवा गुम है इस परवाज़ के आगे, चांद गुमसुम है, सूरज सनका हुआ सा
सीता वनवास से लौट आई है जैसे और राम की शेखी खंडित कर दी है

अम्मा तुम्हारी गोद में
दौड़ कर छुप जाने को जी करता है

बचपन गुहराता बहुत है बच्चा हो जाने को जी करता है
अम्मा तुम्हारी गोद में दौड़ कर छुप जाने को जी करता है

बेईमान जालसाज दलाल कुटिल लोगों से घबरा गया हूं
अम्मा तुम्हारा आंचल ओढ़ कर सो जाने को जी करता है

खबर रोज छपती है अख़बार में बच्ची से बलात्कार की
अब तो हर बेटी के हाथ बंदूक दे देने को जी करता है

देश लूटने वालों के साथ अदालत पुलिस सब धोखा है
इन सब को चौराहे पर गोली मार देने को जी करता है

भारत में सब से बड़ा धोखा है संसद और सुप्रीम कोर्ट
इन दोनों को आंख मूंद कर दफना देने को जी करता है

साथ रोती साथ हंसा करती है बेटी तो ऐसी ही हुआ करती है

(दुनिया भर की बेटियों के लिए)

दुनिया जो कहे पिता के आगे किसी की कहां सुना करती है
साथ रोती साथ हंसा करती है बेटी तो ऐसी ही हुआ करती है

कभी गोदी में थी अब कैरियर में है जैसे असमान उस का है
पंख उस के हाथों में है बैठती कहां अब तो बेटी उड़ा करती है

उस के नन्हे हाथों में जैसे सुरक्षित है हमारी खूबसूरत दुनिया
बहुत आश्वस्त करती है उस की उड़ान ये दुनिया कहा करती है

बदल देगी इस जालिम दुनिया को वह यह बात पक्का जानती
उस की आंखों में जो सपना पलता है उसे पूरा किया करती है

वो दुनिया जहन्नुम है जिस में बेटी और उस की हंसी नहीं होती
वह आंगन धन्य होता है अनन्य होता है जहां बेटी हंसा करती है

बेटियों ने बदली है बहुत दुनिया सजाया और बनाया है सुंदर इसे
कल्पना चावला हमारी याद में अब भी अंतरिक्ष में उड़ा करती है

सीता बेटी थी जनक की रावण भी हार गया था डिगा नहीं पाया
लंका की यह गर्वीली कहानी भी तुलसी की चौपाई कहा करती है

दुनिया वह सुंदर बहुत होती जिसमें बेटी विश्वास से सांस लेती है
सपने जोड़ती है पंख खोलती है आसमान में निर्भीक उड़ा करती है

नए दौर की लड़की गुलामी से निकलना चाहती है

अभी शादी नहीं कैरियर चाहती है पढ़ना चाहती है
नए दौर की लड़की गुलामी से निकलना चाहती है

कठपुतली काया से निकल बंधन के धागे तोड़ रही
नचाने वालों की सारी अंगुलियां तोड़ देना चाहती है

तोड़ रही है धीरे धीरे अपने खातिर बने बनाए सारे ढांचे
सिस्टम तोड़ कर अपने दम पर खड़ा होना चाहती है

लड़ जाती है वह परिवार पिता और समाज सब से
मायका ससुराल की पेंडुलम को तोड़ देना चाहती है

बराबरी मांगती नहीं बढ़ कर बराबर होना सीख लिया
समझौते में फंस रोने धोने के बजाय जीना चाहती है

चाहती है अपनी धरती अपना आकाश अपनी सांस
फूल की तरह खिलना पक्षी की तरह उड़ना चाहती है

बदलती दुनिया में वह अब प्रोडक्ट नहीं फाईटर है
दुश्मनों को ज़मींदोज़ कर आकाश में हंसना चाहती है

शादी खोजने निकलिए
तो समाज बाजा बजा देता है

बेटी का पिता होना आदमी को राजा बना देता है
शादी खोजने निकलिए तो समाज बाजा बजा देता है

राजा बहुत हुए दुनिया में पर बेटी का पिता वह घायल राजा है
जिस के मुकुट पर हर कोई सवालों का पत्थर उछाल देता है

हल कोई नहीं देता सब सवाल करते हैं जैसे प्रहार करते हैं
बेटी का बाप है आख़िर हर किसी को सारा हिसाब देता है

लड़के का बाप तो पैदाईशी खुदा है लड़की के पिता को
यह समाज सर्कस की एक चलती फिरती लाश बना देता है

लड़का चाहता है विश्व सुंदरी नयन नक्श तीखे नौकरी वाली
मां चाहती है घर की नौकरानी बेटे का बाप बाजार सजा देता है

नीलाम घर सजा हुआ है दुल्हों का फरमाईशों की चादर ओढ़े
कौन कितनी ऊंची बोली लगा सकता है वह अंदाज़ा लगा लेता है

विकास समानता बराबरी क़ानून ढकोसला है समाज दोगला है
लड़कियां कम हैं अनुपात में पर दाम लड़कों का बढ़ा देता है

पढ़ी लिखी हैं सुंदर हैं नौकरी वाली भी हुनर और सलीक़े से भरपूर
जहालत का मारा सड़ा समाज उन्हें औरत होने की सज़ा देता है

उम्र बढ़ाती हुई बेटियां खामोश हैं, पिता सिर झुकाए बैठे हैं
बेरहम वक्त उन के सुलगते अरमानों का ताजिया उठा देता है

बात करते हुए वह आकाश देखता है, बोलता कम टटोलता ज़्यादा है
लड़के का बाप है उस की ऐंठ अकड़ और अहंकार यह बता देता है

मसाला खाते शराब पीते भईया यहां वहां मुंह मारने में टॉपर हैं
बेटे का बाप उसे हुंडी समझता है शादी के बाज़ार में भजा देता है

सिर के बाल भी गायब चेहरे पर अय्याशियों के भाव अटखेलियां करते
आंख से दारु महकती है बाप का जलवा उसे मंहगा दूल्हा बना देता है

जितने ऐब हैं ज़माने में सभी से सुसज्जित है हर कोई जानता समझता
लेकिन बेटे का बाप अंधा होता है उसे सारे गुणों की खान बता देता है

पंडित है, लग्न लिस्ट तमाम चोंचले भी बता तू कहां-कहां फिट होता है
आपको नहीं मालूम कोई बात नहीं इवेंट मैनेजर यह सब बता देता है

संस्कार और रिश्ता नहीं अब तड़क भड़क है इवेंट का तमाशा है
शादी के रिश्ते को यही इवेंट करोड़ों अरबों का व्यापार बना देता है

आदमी किश्तों में सांस लेता है टूटता बिखरता है और मर जाता है
यह शादी नहीं फांसी की रस्म है जालिम समाज हर कदम बता देता है

जैसे अपने मन का वह कोई गड्ढा पाट रहे हैं

दीदी की शादी खोज कर पापा आज फिर लौटे हैं घर भर को डांट रहे हैं
घर भर को डांट डांट कर जैसे अपने मन का वह कोई गड्ढा पाट रहे हैं

जाने कब दीदी की शादी होगी डांटना छोड़ सब को प्यार करेंगे पहले जैसा
अभी तो पापा नगरी-नगरी घूम-घूमकर भिखारी बन कर जीवन काट रहे हैं

रात-रात भर जगते हैं शादी के विज्ञापन और साइट बार-बार तकते हैं
दिन में यहां वहां फ़ोन पर दांत चियारे हारे हुए खिलाड़ी जैसा हांफ रहे हैं

जाने कहां छुपा बैठा है लड़का दीदी के सौभाग्य का जैसे सागर में मोती
रोज-रोज की टोका टाकी से आजिज पापा अब आसमान में ताक रहे हैं

हार नहीं मानने वाले सच के लिए जब तब भिड़ जाने वाले पापा हार गए
होइहैं वही जो राम रचि राखा पापा अब रामायण की चौपाई बांच रहे हैं

नाक बजा कर सोने वाले बात-बात पर हंसने वाले अब चुप-चुप रहते हैं
सबको हरदम देने वाले हाथ हर किसी से अब हाथ जोड़ कर मांग रहे हैं

हर कोई ढाढ़स देता है कहता है सब कुछ तय है होगा समय आने पर ही
समय अभागा जाने कहां छुपा है अब भी यह निर्मम समय ही बांच रहे हैं

हर क़ीमत पर जीने वाले ताल ठोंक कर जीने वाले मस्त हवा को जीने वाले
विजेता बनकर घूमने वाले हार नहीं मानने वाले अपनी हार को बांच रहे हैं

बेटी को पेट में ही मारकर वह महिला दिवस मनाते हैं

यह हत्यारे लोग अपने पाखंड का हरदम जश्न मनाते हैं
बेटी को पेट में ही मार कर वह महिला दिवस मनाते हैं

औरत मर्द दोनों रंगे सियार हकीकत से आंख चुराते हैं
यह ज़ालिम हत्यारे हैं बेटी की हर कदम बलि चढ़ाते हैं

क़ानून इन के साथ है पाखंडी समाज और सारा सिस्टम
इन्हीं के दम पर ही सरे आम यह सब को मुंह चिढ़ाते हैं

पौराणिक कहानियां भी इन का साथ देती हैं क्षण-क्षण
धर्म के पंडे मौलाना भी मिल कर इन का मन बढ़ाते हैं

जैसे औरत नहीं मिठाई हो और आदमी बेरहम कसाई
औरत को बाज़ार में बेच कर अपना प्रोडक्ट बनाते हैं

बेज़मीर बन कर हमें झुकना नहीं आता

हम को किसी को खुश करना नहीं आता
बेज़मीर बन कर हमें झुकना नहीं आता

मुश्किलें बहुत हैं और खरीददार भी बहुत
लेकिन मुझे बाज़ार में बिकना नहीं आता

खरीद लेना चाहते हैं वह हमारी मुश्किलें
गांधारी की तरह पट्टी बांध जीना नहीं आता

नाराज बहुत रहते हैं लोग तो खूब रहा करें
चिकनी चुपड़ी लगा कर मनाना नहीं आता

लोग जीते हैं अभिनय की दुकानदारी में
प्यार हो ज़िंदगी हो अभिनय नहीं आता

प्यार करना आता है सीधे सीध करते हैं
हम को माशूका को तरसाना नहीं आता

आंगन में सुबह सूरज आता है रात में चांद
लेकिन चांदनी में तुम को भूलना नहीं आता

तुम नहीं, वह नहीं, हम सब से बड़े हैं

सब सब का रास्ता रोके खड़े हैं
तुम नहीं, वह नहीं, हम सब से बड़े हैं

भ्रष्ट कहो, बेशर्म कहो, अराजक कहो
जो भी कहो, कहते रहो हम चिकने घड़े हैं

सड़क हो, संसद हो, या हो विधान सभा
हम तो हर फटे में टांग डाले ही खड़े हैं

नैतिकता, सिद्धांत आदि हर किसी की ऐसी तैसी
हम तो हर ऐसी खोपड़ी पर खूंटा गाड़े खड़े हैं

एक दिन आया था सूरज भी रौशनी की आस में
तुम क्या जानो कि हम कितने बड़े रणबांकुरे हैं

अब तो इंटरनेट पर भी सारी कहानी अपनी है
चैनल, अखबार सब हमारी अगुवानी में खड़े हैं

वह देखो हाथ जोड़े खड़े हैं समय के सारे सूर्य
सबकी छाती पर पांव रखे, मूंग दलते हम खड़े हैं

लोग तो मिलते ही रहते हैं
हरदम ख़ुद से मिले बहुत दिन हुए

गांव से चिट्ठी नहीं रोज फ़ोन आता है गांव गए बहुत दिन हुए
लोग तो मिलते ही रहते हैं हरदम ख़ुद से मिले बहुत दिन हुए

कब जाएंगे मिलेंगे दूब से जिएंगे जीवन खुले आसमान का
मेड़ की दूब तो पुकारती बहुत है दूब को छुए बहुत दिन हुए

दूब का दूध पीना लोग कहां जानते हमने पिया हम जानते हैं
प्रेम का बादल पागल बन कर झमाझम बरसे बहुत दिन हुए

वह अब भी गाती होगी क्या वैसे ही झलुआ पर खूब झूम-झूम
सिवान अमराई पुरवाई जवानी यह सब जिए बहुत दिन हुए

विकास मनरेगा मोबाईल सब लेकिन गांव सूना है जवानी से
कभी दुपहरिया बाग़ में किसी कोयल को कूके बहुत दिन हुए

दु:ख पहले भी थे पर इतने भी कहां थे कि न सूरज दिखे न चांद
बादल मुश्किलों के इतने सारे कि सुख से मिले बहुत दिन हुए

बेईमानों के नाम नया साल लिखना चाहता हूं

नौकरी नहीं है नया साल लिखना चाहता हूं
बेईमानों के नाम नया साल लिखना चाहता हूं

चार सौ बीसों के हाथ में हैं सब नौकरियां
देशद्रोहियों के हाथ देश लिखना चाहता हूं

तिजोरी जैसे भी हो भरती रहे तुम्हारी हरदम
देश जाए भाड़ में यह गीत लिखना चाहता हूं

बेरोजगारी का दंश नपुंसक बना देता है
प्रेम पत्र में यह बात खास लिखना चाहता हूं

नदी कोहरा धुंध सब कुछ है इस ठंड में
माशूका नहीं है बेक़रार लिखना चाहता हूं

सत्ता का मीठा जहर है
तुम्हारे पास जो मेरे पास नहीं है

एक बड़ा सा कुतर्क है तुम्हारे पास जो मेरे पास नहीं है
सत्ता का मीठा जहर है तुम्हारे पास जो मेरे पास नहीं है

क़ानून, संविधान, संसद, अदालत सभी तुम्हारे पक्ष में
एक नैतिक साहस है हमारे पास जो तुम्हारे पास नहीं है

फ़ैसला फांसी जल्लाद तिकड़म और ताकत सब तुम्हारे हाथ में है
जीवन का हर्ष और उल्लास हमारे पास है जो तुम्हारे पास नहीं है

हर कोई जानता है कि दूध किसी भी का हो सफेद होता है
काला दूध की ज़िद है तुम्हारे पास जो किसी के पास नहीं है

आतंकियों देशद्रोहियों को बचाने ख़ातिर मानवाधिकार है वकील हैं
एन जी ओ हैं तुम्हारे पास जो एक शहीद के परिवार के पास नहीं है

तुम्हारे पास रेत माफिया है दिन-रात नदी की जान लेने के लिए ले लो
नदी की जान बचाने ख़ातिर हमारे पास बादल है जो तुम्हारे पास नहीं है

फरक बहुत पड़ता है मेज के इस तरफ या उस तरफ होने से
रथ तुम्हारे पास है लेकिन राम हमारे पास है जो तुम्हारे पास नहीं है

सिकंदर अकबर गोरी गजनवी अंगरेज सब अपने समय के विजेता थे
होगे खुदा तुम भी बहुत बड़े बने रहो लेकिन खुदाई तुम्हारे पास नहीं है

बहुत दिनों तक भाग्य विधाता कोई नहीं रह पाता इतिहास साक्षी है
कुर्सी भी बदलती रहती है कुर्सी काटे का इलाज किसी के पास नहीं है

चादर हमारी रोज फटती है सुबह शाम उसे सी रहे हैं

कापियर्स और मीडियाकर्स के ज़माने में हम जी रहे हैं
चादर हमारी रोज फटती है सुबह शाम उसे सी रहे हैं

सब कुछ आन लाईन है हरामखोर बाजार पर काबिज
एक हम हैं कि लाईन में खड़े हो कर पानी पी रहे हैं

किस्मत का पट्टा लिखवा गधे सारे सूरमा पहलवान बन गए
पहलवान लोग सीना ताने बाऊंसर बन मर-मर कर जी रहे हैं

उन की सालाना ग्रोथ हजार प्रतिशत है सारे संसाधन उन के
बिना खाए स्वस्थ कैसे रहें हम ऐसी सरकारी दवाई पी रहे हैं

मीडिया की बात पूछो मत हम से देशद्रोही हैं सब मालिक
संपादक सारे दल्ले हुए पढ़े-लिखे फ्रीलांसिंग पर जी रहे हैं

नकल कर के भी जो पास नहीं हो पाए मंत्री बन मौज में हैं
गुंडे ठेकेदार रंगदार माफिया अय्यासी का नित घी पी रहे हैं

जो पढ़े पढ़ कर आई ए एस हो गए पर पढ़ाई नासूर हो गई
कलक्टर हो कर भी अनपढ़ मंत्रियों की जी हुजूरी में जी रहे हैं

रिश्वतखोरों की चांदी जालसाजों की दुनिया खुदा हैं यही अब
ईमानदार लोग नित अपमानित होने का ककहरा सीख रहे हैं

आत्मा जमीर जैसे शब्द सड़ गए जीने की रोज मांगते हैं भीख
कमीने सारे लाल कालीन पर भूख के मारे बच्चे कालीन सी रहे हैं

औरत मरती है
टुकड़ों-टुकड़ों में दुनिया सारी हत्यारी होती है

कभी गर्भ में मारती है कभी दहेज में कभी बलात्कारी होती है
औरत मरती है टुकड़ों-टुकड़ों में दुनिया सारी हत्यारी होती है

प्यार मिल जाए तो औरत सर्वदा सुघड़ चंद्रमुखी होती है
न मिले प्यार तो हरदम ही भड़कती ज्वालामुखी होती है

हिरोईन लालपरी हो या रूप का भार लिए कोई स्वप्न सुंदरी
प्यार के रेगिस्तान में कुलांचे मारती वह प्यासी हिरनी होती है

समंदर प्यार का कितना भी गहरा हो सर्वदा ही खारा होता है
नदी लाख उजड़ी हो प्रदूषित हो लेकिन प्यार की मारी होती है

हम तो राक्षस हैं ईंट पत्थर के जंगल में रहते हैं तहजीब नहीं आती
स्त्री जैसे धरती है समाज का सारा कसैलापन खारापन सोख लेती है

पिता प्रेमी पति पुत्र भाई हर किसी की ही सगी और धुरी ठहरी
औरत इतनी बिचारी होती है हर किसी के दुःख में दुखी होती है

सुनते हैं कि एक सीता जंगल में जीती थी बेटों के दम पर
एक राम का गुरुर तोड़ने को उस का घोड़ा रोक देती है

घर भरा पुरा होता है अड़ोसी-पड़ोसी हर कोई मौजूद लेकिन
मां बाप के मरने पर दहाड़ मार कर अकेले सिर्फ़ बेटी रोती है

जंगल हो समंदर हो या हो हिमालय सब जगह प्यारी होती है
दुनिया जो कहे बेटी तो बेटी है गांव घर सब की दुलारी होती है

दफ़्तर है दोस्त हैं ट्रैफिक जाम है सब को लांघ कर आता हूं
नाराज न हुआ करो मेरी जान मिलने आने में जो देरी होती है

लोग क्या कहते हैं क्या सुनते हैं मुझे मालूम नहीं कुछ भी
यहां तो जो भी करता हूं वह तेरे हुस्न की फकीरी होती है

वह ईमानदार है इस लिए बहुत हैरान और परेशान है

मजे उसी के हैं जो जालसाज कमीना और बेईमान है
वह ईमानदार है इस लिए बहुत हैरान और परेशान है

कोई पागल समझता है कोई केमिकल लोचा बताता है
वह डिगता नहीं ईमान से इस से परेशान हर बेईमान है

फकीर नहीं है पर दीखता और रहता फकीर जैसा है
कपड़े लत्ते से बेपरवाह गर्वीली ग़रीबी उस की शान है

बंगला नहीं कार नहीं लाकर या सोने से लदी बीवी नहीं
बिगड़ैल बेटा भी नहीं वह तो रोटी दाल में ही परेशान है

दुःख जैसे दोस्त है सुख से घनघोर दुश्मनी है उस को
मुश्किलें उस की मौसी हैं बेबात अड़ जाना पहचान है

टूट सकता नहीं झुक सकता नहीं समझौता सुहाता नहीं
उसे अपनी अनमोल ईमानदारी पर बहुत ज्यादा गुमान है

तुम्हारी सरहदों पर
गांधी के कुछ भजन गाना चाहता हूं

आसमान धुंधला ही सही शांति के कबूतर उड़ाना चाहता हूं
तुम्हारी सरहदों पर गांधी के कुछ भजन गाना चाहता हूं

साइमन कमीशन गो बैक की पतंग उड़ाई थी लखनऊ ने
आतंकवाद के खिलाफ अमन की पतंग उड़ाना चाहता हूं

डिप्लोमेसी तुम करो तुम ही जानो जोड़-तोड़ हार जीत
यहां तो मनुष्यता की जीत का ऐलान लिखना चाहता हूं

सरहद से आई है एक फौजी के शहादत की मनहूस खबर
उस की विधवा के बहते आंसू को सैल्यूट लिखना चाहता हूं

संसद सुप्रीम कोर्ट सभी शक के घेरे में यकीन नहीं किसी पर
नंगई के इस दौर में बहुत धीरे से एक ईमान लिखना चाहता हूं

बारिश अब की हुई नहीं ठंड गायब ओस भी है लापता
धरती की लाचारी आंसू दुःख और संताप लिखना चाहता हूं

माघ की नरम ठंड में धूप तीखी लगती है रजाई बेमानी
मौसम के रूठने मनाने का शोक गीत गाना चाहता हूं

मोबाईल और इंटरनेट के दौर में भी वह चिट्ठी लिखवाती है
वसंत जैसे आया हो बाग में आम के बौर लिखना चाहता हूं

पैसा मां बाप पैसा ही सब कुछ है पैसा सब से बड़ा भगवान
इस भयावह दौर में घास पर भीगी ओस लिखना चाहता हूं

घर का लिपा आंगन अम्मा की लोरी दादी के वह किस्से
ममत्व से सनी गोद में बैठ कर दूध भात लिखना चाहता हूं

माथे पर टिकुली आंख में काजल गाल पर मासूम डिंपल
तुम्हारे इसी गाल पर चुंबन बेहिसाब लिखना चाहता हूं

संसद मीडिया अदालत अफसर सब सज धज कर तैयार खड़े हैं

कुछ बिक गए कुछ बाक़ी हैं पर बिकने को सारे होशियार खड़े हैं
संसद मीडिया अदालत अफ़सर सब सज धज कर तैयार खड़े हैं

जंगल नदी समंदर धरती बेच चुके जाने किस मुगालते में हैं आप
आप खरीदिए राष्ट्रपति भवन यह रजिस्ट्री करने को तैयार खड़े हैं

लालीपाप आश्वासन का बांट बांट कर जन्नत में वह दिन काट रहे
आप का टिकट जहन्नुम का है क्यों जन्नत ख़ातिर बेकरार खड़े हैं

ठाठ बाट से रहते हैं तो आंख बंद सो मुश्किल कभी नहीं दिखती
पांचों अंगुली घी में लेकिन सिर कड़ाही में तलने को तैयार खड़े हैं

आप बहुत फुर्सत में दिखते अच्छा दलाल हैं फिर तो आप की चांदी
हम किसान हैं भगवान भरोसे रहने के आदी इसी लिए हैरान खड़े हैं

घुल मिल कर घाव कर रहे देश में आग लगा वह सुख सारा ताप रहे
कुत्ता बन फंडिंग चाट कर बहुत इत्मिनान से यह सारे बेईमान खड़े हैं

आत्म मुग्धता भी बहुत बेशर्म होती है बेच खाती है यह तो बड़े बड़ों को
कोई इनको यश दिला दे व्याकुल भारत बनकर बहुत परेशान खड़े हैं

हम इतने बुजदिल हैं
कि टुकुर-टुकुर सिर्फ़ ताकते रह गए

भड़ुए दलाल हमारे सिर पर पैर रख कर आगे निकल गए
हम इतने बुजदिल हैं कि टुकुर-टुकुर सिर्फ़ ताकते रह गए

राजनीति भी उन्हीं की प्रशासन भी मीडिया में भी वही हैं
हर जगह यही काबिज हैं ईमानदार लोग टापते रह गए

हिस्ट्री शीटर रहे हैं हत्या डकैती अपहरण के मुकदमे भी बहुत
लेकिन खनन माफिया को शरण देते-देते वह नेता जी बन गए

बड़ी आग थी सरोकार भी थे पर पार्टी में सर्वदा अनफिट रहे
सिद्धांत बघारते-बघारते वह कार्यक्रमों में दरी बिछाते रह गए

ठेकेदार थे बिल्डर हुए कालोनी बनाते-बनाते मीडिया मालिक भी
लड़कियां सप्लाई करते-करते वह सब के भाग्य विधाता बन गए

आई ए एस हैं बड़ी-बड़ी डील करते हैं मिलते नहीं जल्दी किसी से
बच्चे विदेश में स्विस बैंक में खाता लूट-पाट कर देश बेचने लग गए

चार सौ बीस विद्वान हो कर विद्वता की किसिम-किसिम दुकान चला रहे
विपन्नता में डूबे आचार्य लोग घर-घर सत्यनारायन की कथा बांचते रह गए

दलाली करते-करते पैर छूते-छूते वह चीफ एडिटर और सी ई ओ हो गया
लिखने-पढ़ने वाले समझदार लोग अपमानित हो नौकरी से वंचित रह गए

उस संसद में कोई भरोसेमंद नेता नहीं रहा

कोई दल्ला है कोई अभिनेता है ग़रीबों मजलूमों का अब एक भी नेता नहीं रहा
जिस संसद पर भरोसा था देश को उस संसद में कोई भरोसेमंद नेता नहीं रहा

भाजपा कांग्रेस कम्युनिस्ट सभी पाखंडी और लुटेरी हैं एजेंडा सबका ही एक है
दर्द किसी के दिल में नहीं है ग़रीब आदमी के लिए किसी पर भरोसा नहीं रहा

यह संसद में लड़ते हैं सड़क पर भी लड़ते हैं पर सबके सब जनता के दुश्मन हैं
अकेले में सब मिलते रहते हैं गले लेकिन लोगों को बांटने में कोई पीछे नहीं रहा

सब के सब दड़बे के अभिनेता लफ़्फ़ाजी के आचार्य स्क्रिप्टेड राजनीति में माहिर
हर कोई दुकानदार है अपनी आईडियालजी पर किसी को कोई भरोसा नहीं रहा

समाज में भी लोग बिखर गए हो गए सभी अजनबी गोया बिजली का नंगा तार
घर में भी अब खाई खुद गई बाप को बेटे पर बेटे को बाप पर भरोसा नहीं रहा

योजनाओं का पैसा
कलक्टर और मुख्यमंत्री मिलकर पी जाता है

गांव का चौकीदार बिचारा दिन-रात रखवाली करता रह जाता है
योजनाओं का पैसा कलक्टर और मुख्यमंत्री मिल कर पी जाता है

कोई प्रधान मंत्री मौनी हो जाता है कोई मौन कोई माउथ कमिश्नर
कोई गांधी कोई लोहिया कोई जे पी सुकरात बन जहर पी जाता है

मनरेगा जवाहर रोजगार योजना गावों को खोखला बनाने की योजनाएं हैं
राजनीतिक भ्रष्टाचार तालाब तो तालाब नदी और समंदर भी पी जाता है

स्कूलों के बच्चों की दलिया बिस्किट अध्यापक अफ़सर तक पहुंचाते
अफ़सर विभागीय मंत्री तक और मुख्यमंत्री रिश्वत पा कर जी जाता है

यह खुला तथ्य है कोई माने न माने हरामखोरी बहुत है प्रशासन में
अस्पताल के बीमारों का दूध तक कलक्टर और कमिश्नर पी जाता है

ठेकेदार कहिए रियल स्टेट कहिए बिल्डर कहिए या कहिए डकैत
सब एक दूसरे के पर्यायवाची हैं और नेता इन का भी खून पी जाता है

पूरा देश बंधक अफ़सर नेता बिल्डर के हाथ डाक्टर इंजीनियर साझेदार
यह धांधली के कबूतर उड़ाते हैं इनका काकस सारा संसाधन पी जाता है

संसद बजट रुपए का
आना जाना सब बहुत बड़ा धोखा है

जनता की आंख में धूल झोंकने का तरीका बहुत अनोखा है
संसद बजट रुपए का आना जाना सब बहुत बड़ा धोखा है

सारी सहूलियत सारा बंदोबस्त सारे संसाधन अमीरों के लिए हैं
ग़रीबों के लिए शिक्षा चिकित्सा रोजी रोटी मृगतृष्णा है धोखा है

कभी सुना क्या कि किसी बड़े उद्योगपति ने आत्महत्या की
क्यों कि इन की बेईमानी और लूट का शोरुम बहुत चोखा है

किसान मज़दूर की आत्महत्या तो अब खबर भी नहीं बनती
बैंकों की वसूली पीछे पड़ी रहती कर्ज माफी का वादा धोखा है

दो रुपए का क़र्ज़ बीस रुपए दे देने पर भी खत्म कहां होता
मरने पर भी छोड़ता नहीं बैंकों का सूद बहुत बड़ा धोखा है

रोड टैक्स टोल टैक्स पेट्रोल पर टैक्स एक ही टैक्स बार-बार
यह टैक्स है कि यह जनता को लूटने का अनगिन झरोखा है

प्रधानमंत्री ख़ुद बाज़ार में है, बोलो ख़रीदोगे

न्याय बिकता है, बोलो ख़रीदोगे
बिकती है संसद, बोलो ख़रीदोगे

अमरीका, लंदन, चीन, दुबई और जापान
प्रधानमंत्री ख़ुद बाज़ार में है, बोलो ख़रीदोगे

यह ओबामा, अंबानी, अडानी और कैमरून
सब ज़िम्मेदार हैं इस फ़ज़ीहत के बोलो ख़रीदोगे

बिल्ड़रों, दलालों, भडुओं का है इंडिया
कृषि प्रधान वाला भारत बोलो ख़रीदोगे

मीडिया सरे आम नीलाम करती है ख़ुद को
मां भी नहीं छोड़ी यह कहानी बोलो ख़रीदोगे

पर्यावरण, विकास, काला धन हा हा
बस झुनझुना है बाकी, बोलो ख़रीदोगे

बिक चुकी धरती, नदियां और जंगल
तारे, चांद, सूरज बाकी हैं, बोलो ख़रीदोगे

सूखा हो कि बाढ़ किसान जाए भाड़ में
असहिष्णुता खड़ी है, बोलो ख़रीदोगे

हर अंग का दाम यहां लग चुका है
किडनी कि लीवर, बोलो ख़रीदोगे

तुम एस पी, कलेक्टर में ही उलझे हो
मुख्य मंत्री बिकता है, बोलो ख़रीदोगे

बेटी योग्य है, सुंदर है, सजीली है
दूल्हा बिकता है, बोलो ख़रीदोगे

मंदिर, मस्जिद, गिरिजा, मनुष्यता
सब के सब बाजार में, बोलो ख़रीदोगे

बिकने को सब लाईन से तैयार खड़े हैं
देह, आत्मा, भगवान भी, बोलो ख़रीदोगे

भावना, वेदना सब कुछ रेडीमेड है यहां
प्रेम, सेक्स, शहनाई भी, बोलो ख़रीदोगे

खाद नहीं, पानी नहीं, खेत है, खलिहान भी
साहूकार का बड़ा-सा क़र्ज़ है, बोलो ख़रीदोगे

सूखा कल आया था, बाढ़ अभी गई है
बीमारी सिर पर है, बोलो ख़रीदोगे

गद्दा है, रजाई है पर अन्न नहीं खाने को
मुस्कान है, रुलाई भी, बोलो ख़रीदोगे

दवाई भले न हो, विज्ञापन का दौर है
अमिताभ बच्चन की बीमारी बोलो ख़रीदोगे

ईमानदारी, मेहनत, देशभक्ति पागलपन है
बिकता है पूरा देश यहां, बोलो ख़रीदोगे

चकमा देने वाले ही अब तो हर रोज चमक रहे हैं

सूरज पराजित है इस कदर यह लोग चमक रहे हैं
चकमा देने वाले ही अब तो हर रोज चमक रहे हैं

किसानों के लिए आत्महत्या हरामखोरों को रास्ता
क़ानून के दलाल अब समाज में बहुत खटक रहे हैं

किसान मज़दूर कितने बेबस लाचार हैं इस देश में
चोर कमीने बेईमान शासक बन कर बमक रहे हैं

जिन को जाना था जेल ठाट बाट से लंदन चले गए
अब लफ़्फ़ाज सारे चैनलों पर बेबात बहस रहे हैं

उन के जुगाड़ सब पर भारी सारा सिस्टम बिकाऊ
संसद अदालत सब को ही जेब में लिए टहल रहे हैं

कोई गंगा को रौंदता है कोई जमुना तो कोई पर्वत को
पर्यावरण उन का बंधुआ है पैसे के बूट से मसल रहे हैं

शेर सारे पिंजरे में
कैद रंगे सियारों के दिन हैं

माथा ईमानदारों ने अब फोड़ लिया बहुत है यह दलालों के दिन हैं
गीदड़ों की चांदनी है शेर सारे पिंजरे में कैद रंगे सियारों के दिन हैं

अदालत राजनीति मीडिया अब हर कहीं हर जगह एक ही किस्सा
मूल्यों की बात करने वाले पागल घोषित हुए लफ़्फ़ाजों के दिन हैं

अब क्रांति आजादी देशभक्ति का मतलब सिर्फ़ मजाक बन गया
चंद्रशेखर आजाद भगत सिंह प्रासंगिक नहीं हरामखोरों के दिन हैं

सिद्धांत क़ानून आदर्श वगैरह अजायबघर पागलखाने की बातें हैं
हाजमा बहुत खराब है देश का अब जवाब नहीं सवालों के दिन हैं

मर्द सारे नामर्द हुए इस व्यवस्था में अब तो किन्नरों के पौ बारह हैं
उन्हीं की दुनिया है हवा भी उन की ही यह घोटालेबाजों के दिन हैं

हो हल्ला हिंसा अराजकता और जातीय जहर की फसल उग गई
गांधी के दिन कब के विदा हुए अब अंबेडकरवादियों के दिन हैं

वोट डालकर हम अपनी बेहतर दुनिया बनाने जा रहे हैं

आप घर से निकलिए भी हम दुनिया बदलने जा रहे हैं
वोट डाल कर हम अपनी बेहतर दुनिया बनाने जा रहे हैं

चाहिए जैसे साफ़ हवा, साफ पानी, हरी धरती, नीला आकाश
वोट के हथियार से पर्यावरण का बिगड़ा संतुलन बदलने जा रहे हैं

जैसे भेजते हैं बच्चे को बढ़िया स्कूल, देते हैं पौष्टिक भोजन
सही उम्मीदवार चुन कर बच्चे को भली दुनिया देने जा रहे हैं

बच्चे हमारा भविष्य हैं तो वोट इस भविष्य की बुनियाद
वोट के इनवेस्टमेंट से बच्चे को बेहतर दुनिया देने जा रहे हैं

आप बदलिए अपनी प्राथमिकता चुनिए सही उम्मीदवार
वोट के जरिए अपनी दुनिया का मौसम बदलने जा रहे हैं

जैसे करते हैं हम कड़ी मेहनत अपने बेहतर कल के लिए
वोट की गंगा नहा कर ज़िंदगी को खूबसूरत बनाने जा रहे हैं

यह पुस्तक मेला
यह पुस्तक विमोचन दम तोड़ते हुए जलसे हैं

मिलना-जुलना ही होता है सब पूछते रहते हैं और आप कैसे हैं
यह पुस्तक मेला यह पुस्तक विमोचन दम तोड़ते हुए जलसे हैं

किताबों की दुनिया बहुत सुंदर प्रकाशकों की दुनिया भयावह बहुत
रिश्वत ही से किताब बिकती है पाठक लेखक संबंध मर रहे जैसे हैं

सरकारें हरामखोर अफसर रिश्वतखोर लेखक कायर प्रकाशक चोर
सरकारी ख़रीद में लाईब्रेरियों में करते कैद किताब कैसे-कैसे हैं

नया लेखक बिचारा उत्सव रचाता है बुलाता है टायर्ड लोगों को
प्रकाशक कुछ नहीं करता जानता है यह सब फालतू के खर्चे हैं

देखना दिलचस्प होता है नए लेखक किताब देते हैं चरण छूकर
नामी लेखक भेंट पाई यह किताबें बड़ी हिकारत से फेकते कैसे हैं

छपास के मारे यह अफसर यह मास्टर यह पैसे वालों की औरतें
किताब छपवाने ख़ातिर प्रकाशक को पैसे दे-देकर बिगाड़ देते जैसे हैं

जगह-जगह से पहुंचते हैं बिचारे यश:प्रार्थी दल्लों के शहर दिल्ली में
मेले विमोचन की फ़ोटो हों या चर्चे सब ग्वाले के पानी मिले दूध जैसे हैं

किताब बिकती नहीं प्रकाशक चीख-चीखकर सब से कहता रहता है
लेकिन बेशर्म लेखक फ़ेसबुक पर कहता है मेरी किताब के बहुत चर्चे हैं

कुछ जिद में कुछ सनक में कुछ ऐंठे हुए कुछ पूर्वाग्रही कुछ क्रांतिकारी
आदमी कोई नहीं है सभी लेखक हैं लोग कहते हैं यह पागल कैसे-कैसे हैं

फालतू की गंभीरता ओढ़ महाकवि बनने का स्वांग अब बहुत हो गया
मठ ढहेंगे नेट का ज़माना है प्रिंट की धांधली और छल चला गया जैसे है

थोड़े से लोग किताब खरीद कर पढ़ते हैं कुछ दुम हिलाते रहते हैं
ठकुरसुहाती का ज़माना है मालिश पुराण के अब यह नए नुस्खे हैं

बटोरता फिरता है मेले में इन के उन के अपमान के कचरे भरे किस्से
गोया गांधी है दलित बस्ती में सफाई करता इधर-उधर फिर रहा जैसे है

हर कोई सच कह नहीं पाता, कह सकता भी नहीं छुपाता हर कोई है
वह तो हम हैं जो हर छोटी बड़ी बात को ग़ज़ल में भी कह देते जैसे हैं

यह अहले लखनऊ है
कुल्लू मनाली की बर्फ नहीं जो गुड़ के साथ खाना है

बिरयानी की तरह सरकारी बजट खाना और पान की तरह चबाना है
यह अहले लखनऊ है कुल्लू मनाली की बर्फ़ नहीं जो गुड़ के साथ खाना है

सियासत होती है यहां इबादत की तरह बिल्डरों की तिजोरी खातिर
क्या कर लेंगे आप बिल्डरों और ठेकेदारों का आखिर लखनऊ से याराना है

लखनऊ नशा है काम करने वालों का, कमीशन पिता जी को नियमित देते हैं
एक साल में सड़क बनेगी दो बार, दस बार टाइल उखाड़कर फिर से लगाना है

अरबों का बजट पी गए पुल बनाने में, सिर्फ़ नदी नहीं थी बस योजनाएं थीं
हर तरफ ट्रैफिक जाम का समंदर है और चींटी की तरह लाइन से जाना है

चारबाग, कैसर बाग, सिकंदर बाग़, बनारसी बाग अब सब नाम के हैं
बागों का शहर था कभी यह अब पत्थर के पार्क हैं ठेकेदारों का ज़माना है

इमामबाड़ा यहां का हुस्न, भूलभुलैया का जादू जागीर, चौक इस की शान
वह अमृतलाल नागर का ज़माना था, यह लंठों, धन्ना सेठों का ज़माना है

गोमती कभी नदी थी, नफ़ीस लखनऊ की नज़ाकत का दिलकश अफ़साना थी
कमर में नगीना बनकर झूलती थी, अब कूड़ा कचरा भरा उस का दरमियाना है

अंबेडकर वोट और नोट देता है तो वह गांधी को भूल जाते हैं

अंबेडकर वोट और नोट देता है तो वह गांधी को भूल जाते हैं
लीगी जिन्ना तो याद रहता है पर सीमांत गांधी को भूल जाते हैं

एक कायर आत्महत्या करता है तो आग लगा देते हैं पूरे देश में
सरहदों पर जान देते हैं बहादुर सैनिक पर उन को भूल जाते हैं

यह पुराने बहरुपिए हैं इन्हें अपने स्वार्थ और सत्ता से मतलब है
हिंदू मुसलमान तो याद रहता है लेकिन मनुष्यता को भूल जाते हैं

दलित पिछड़ा और मुस्लिम इनके राजनीतिक दामाद होते हैं
कश्मीरी पंडित तो वोट बैंक हो नहीं सकता उस को भूल जाते हैं

राजनीति की रात में सूरज उगाने के अभ्यस्त हैं यह सारे लोग
भाजपाई कांग्रेसी और कम्युनिस्ट हैं सो नीति को भूल जाते हैं

जहर घोलने ख़ातिर एन जी ओ चलाते हैं क्रांति का मुखौटा लगाए
फंडिंग दे कर देखिए बहुत जल्दी यह अपने बाप को भूल जाते हैं

शिकारियों की चूजों पर बहुत तगड़ी नजर है

ज़िंदगी बड़ी मुश्किल से होती अब बसर है
शिकारियों की चूजों पर बहुत तगड़ी नज़र है

काली यमुना मटमैली गंगा मिलती हैं रोज संगम पर
नदियों का ही नहीं यह सारे संसार का सर्द मंज़र है

ठगना और लिपटना हरदम विज्ञापन के भाव में दिखना
संबंधों में यही कालिमा और ऐसा ही खतरनाक खंजर है

साधू यहां उचक्का दीखता और मौलवी बड़ा फ़रेबी
इसी लिए मजहब के कट्टरपन का खड़ा रोज बवंडर है

गरम कपड़ा नहीं कंबल रजाई आग कुछ भी नहीं
रास्ता लंबा है पथरीला है और सर्दियों का सफ़र है

दुनिया में सिस्टम ही कुछ ऐसा बन गया है हर तरफ
मालिक चार सौ बीस बेईमान और ईमानदार नौकर है

लंपट चोर उचक्के काबिज हैं हर कहीं हर ठिकाने पर
शरीफ़ लोग घबराए और अफनाए खड़े हैं अजब मंज़र है

राजनीति के आगे चलने वाली साहित्य की वह मशाल नहीं मिली

प्रेमचंद को पढ़ कर खोजा बहुत पर फिर वह मिसाल नहीं मिली
राजनीति के आगे चलने वाली साहित्य की वह मशाल नहीं मिली

कोई अफ़सर था कोई अफसर की बीवी कोई माफिया संपादक
कोई पुरस्कृत तलाश किया बहुत लेकिन कोई रचना नहीं मिली

किसी ने तजवीज दी कि आलोचना पढ़िए कोई तो मिल ही जाएगा
माफ़िया मीडियाकर लफ़्फ़ाज सब मिले पर आलोचना नहीं मिली

खेमे मिले खिलौने मिले विचारधारा की फांस जुगाड़ और साजिशें
लेकिन इन को पढ़ने खरीदने और जानने वाली जनता नहीं मिली

संबंधों के महीन धागों में बुनी किताबें कैद हैं लाईब्रेरियों में लेकिन
मां को देखते ही बच्चा तुरंत हंस दे ऐसी निश्छल ममता नहीं मिली

रचनाओं पे ओहदेदार थे, ओहदे के साथ यश:प्रार्थी कामनाएं भी
एक सांस पर मर मिटे इन की रचना पर जो वह ललना नहीं मिली

और तो और ललमुनिया की माई बदल गई

रंगत बदली सूरत बदली मिजाज बदला गांव की हवा बदल गई
होली दीवाली बदली और तो और ललमुनिया की माई बदल गई

लेखपालों ने पहले बदला था चकबंदी में अब नेता बन बिल्डर आए हैं
प्लाटिंग शुरु खेत बाग़ में पाट रहे पोखर सिंघाड़े की लतर बदल गई

वह खोज रहे गांव में गांव की बानी हवा सुहानी कुछ भी नहीं मिला
ट्रैक्टर आए बैल गए खलिहान गए कंबाईन आई तो माटी बदल गई

आहिस्ता आहिस्ता बदल रहा गांव गांव का पानी और जवानी भी
पहले डाल कटी बाग के पेड़ कटे फिर आने जाने की राह बदल गई

धीरे धीरे चिन्ह मिटे प्रतीक बदले बुजुर्ग पीपल बरगद हो गए छू मंतर
शहर की आग में जलते गांव में एक झटके से सारी परंपरा बदल गई

तोता मैना मछली मेढक गिलहरी गौरैया सब सांस थाम कर डरे हुए
कोयल गाती थी झूम झूम जिस घनेरे बाग में वह अमराई दहल गई

न भोजपुरी है न फ़िल्मी है सारे गाने ही गायब हुए विकास की आंधी में
चुनाव बीतते ही पीपल की तरफ से बहने वाली मस्त पुरवाई बदल गई

कहां जाएं किस से रोएं किस से गाएं कौन सुनेगा घायल गांव का गाना
नेता बिल्डर मीडिया का नेक्सस है तो फिर अख़बारों की ख़बर बदल गई

पहले नदी की धारा बदली फिर सूख गई धीरे से नदी नाव मिट्टी में धंसी
पुल बनने का बजट आया ठेकेदार स्कार्पियो से गांव की चौहद्दी बदल गई

भैस गाय बैल बछिया गांव के भूगोल से सब के सब गायब दूध दही सपना
विकास आ गया है शहर से गांव में जबसे आने जाने की पगडंडी बदल गई

घाट वही हैं नाव वही पंडे पुजारी सब वही लेकिन आने जाने वाले हुए नए
पूजा पाठ भी बहुत पुराना लेकिन आरती करवाने वालों की मंडी बदल गई

अंबेडकर के आरक्षण की यही बड़ी सफलता है

झूठ, हिंसा और अराजकता अनिवार्य अर्हता है
अंबेडकर के आरक्षण की यही बड़ी सफलता है

ज़िद सनक कुतर्क की आग में झुलस रहा आदमी
भारतीय संविधान की यह व्यावहारिक विफलता है

राजनीति की इस नई केमेस्ट्री में तथ्य तर्क ख़ारिज
जातीय जहर की आग में रोटी सेंकना सफलता है

नए समाज की यह नई तस्वीर इसी का जलवा
चुप रहिए इन की लगाई आग में देश जलता है

कभी दलित कभी पिछड़ा कभी गुर्जर कभी जाट
इन से बच कर रहिए इन की जातीय बर्बरता है

सेक्यूलरिज्म की खिचड़ी में दलित का नमक
समाज को हिंसक मोड में लाना ही सफलता है

जातीय आग में कूद फांद कर देश जलाने आए हैं

आरक्षण की ताकत को अब वह आज़माने आए हैं
जातीय आग में कूद फांद कर देश जलाने आए हैं

उन के मन में गहरी काई बैठी है जहर की जैसे
इस जहरीली काई को और-और गहराने आए हैं

दुनिया चलती ज्ञान विज्ञान और अनुसंधान से ही
लेकिन वह जातीय अस्मिता के कुछ दाने लाए हैं

ब्राह्मण मनुवाद जैसे कुछ शब्द उन की झोली में
कुतर्क की कुछ इबारतें हैं वह वही पढ़ाने आए हैं

ब्लैकमेलिंग की एक बीन उन के पास सदा रहती
वोट बैंक हैं वोट बैंक का झुनझुना बजाने आए हैं

देश को मां कहने में शर्म उन्हें बहुत आती सदा
दुधारू गाय है देश इसी को मार डालने आए हैं

वह मर मिटना चाहता है
देश के लिए देश को मां मानता है

आप जानिए सारी दुनिया लेकिन बच्चा सिर्फ़ मां जानता है
वह मर मिटना चाहता है देश के लिए देश को मां मानता है

जल जंगल और ज़मीन उस की थाती है सांस इसी में लेता है
वह स्त्री वृक्ष नदी और पत्थर पूजता है गाय को मां मानता है

आप के पास होगी सारी सुविधा सुख संभालिए उसे दूहिए उसे
वह बस अपना गांव का घर अपनी मेड़ अपना खेत मांगता है

सुना है आप बड़े क्रांतिकारी हैं दलितों वंचितों के पहरुवा भी
कितनी बहुएं दामाद दलित हैं घर में समाज हिसाब मांगता है

ज़मीनी बात और लफ़्फ़ाज़ी दोनों दो बातें हैं आप मानते नहीं
आप की क्रांति की किताब में दोगलापन है हर कोई जानता है

मंदिर तो आज बना लें पर दंगों से डर लगता है

सभी मिलजुल कर रहते हैं तो घर घर लगता है
मंदिर तो आज बना लें पर दंगों से डर लगता है

बम विस्फोटों का वह मुसलसल मंज़र भूला नहीं है देश
सुप्रीम कोर्ट हो या सरकार अब सब को यह डर लगता है

ढाए जुल्म बनाए चर्च पर मंदिर मस्जिद तोड़ा क्या अंगरेजों ने
मेलजोल का यह ताना बाना हथौड़े से ज़्यादा असर करता है

मक्का मदीना में मंदिर गिरजा बन सकता है क्या
अयोध्या किस लिहाज से बाबर का घर लगता है

रहते रहे हैं सदियों से राम अयोध्या में रहने दो अब भी
वनवास ख़त्म करो उन का यह अंधा सफर लगता है

चुनाव लड़ो तुम और हम को तोड़ो रोज हर्ज नहीं है
लेकिन मंदिर मस्जिद पर दिल टूटे तो डर लगता है

पाकिस्तान नहीं गए तुम यह मुल्क पर एहसान नहीं था
फिर रोज रोज यह एहसान जताओ तो जहर लगता है

मंदिर मस्जिद की नित नई इबारत तुम रोज लिखे हो
गंगा जमुनी तहज़ीब की दुहाई भी तो यह कहर लगता है

घोड़े सा दिमाग दौड़ाओ हर्ज नहीं है मेरे भाई दौड़ो और
जाति पाति और धर्म की भट्ठी से बचो यह जहर लगता है

याद करो कबीरा की बानी राम रहीमा एक है
ढाई आखर का प्रेम ही जीवन में सहज लगता है

सहिष्णुता के शैतान तुम्हारी ऐसी तैसी

पाखंड के दरबान तुम्हारी ऐसी-तैसी
सहिष्णुता के शैतान तुम्हारी ऐसी तैसी

दुनिया दहल रही है फिर भी तुम ख़ामोश
डबल स्टैंडर्ड के निगहबान तुम्हारी ऐसी तैसी

आतंकवादियों की पैरवी में तुम लगाते जी जान
मनुष्यता को करते लहूलुहान तुम्हारी ऐसी तैसी

धर्म तुम्हारा हथियार, मनुष्यता तुम्हारी दुश्मन
हिप्पोक्रेसी की हो खान तुम्हारी ऐसी तैसी

जाति तुम्हारा वोट, दंगाई तुम्हारी ताकत
निरंकुश सत्ता के सुलतान तुम्हारी ऐसी तैसी

सरकार तुम्हारी रखैल, देश तुम्हारे ठेंगे पर
कारपोरेट के बेईमान तुम्हारी ऐसी तैसी

कुत्ता तुम्हारा दोस्त, गाय तुम्हारी दुश्मन
दोगलई है पहचान तुम्हारी ऐसी तैसी

रहता है लखनऊ में लेकिन लाहौर सुहाता है

भटका हुआ बहुत है कराची के गीत गाता है
रहता है लखनऊ में लेकिन लाहौर सुहाता है

पहले बटेर लड़ाता था अब इंसान लड़ाता है
मुद्दा कोई हो सेक्यूलर का बाजा बजाता है

सरकार जिस की हो उसी की टोपी लगाता
देशभक्ति को बकवास और मूर्खता बताता है

ग़ज़ल से उस का कोई वास्ता है नहीं लेकिन
गुलाम अली के नाम पर लड़ जाना आता है

है जाहिल एक नंबर का पर सेक्यूलर की
टोपी लगा ख़ुद को इंटेलेक्चुवल बताता है

शौक उस के अजब ग़ज़ब हैं ठाट नवाबी हैं
शर्त लगा प्याज के साथ जूते बहुत खाता है

शर्म आती नहीं फिर भी उसे जिद्दी बहुत है
मनबढ़ई देखिए आतंकी को शहीद बताता है

अहिसा का पुजारी हूं शांति के कबूतर उड़ाता हूं
लेकिन वह हिंसक है गोली बंदूक बम दिखाता है

आईना झूठ कहां बोलता पर वह तो फोड़ देता है
कोई दूसरा दिखा दे तो आईने को झूठा बताता है

कल मिला था माल में दोस्त देख कर डर गया
कहने लगा यह तो मौक़ा देख बम बिछाता है

अब सजदा मेरा हराम है
इतने लोगों के मर जाने के बाद

अब नमाज भला कैसे पढ़ूं बम विस्फोट हो जाने के बाद
अब सजदा मेरा हराम है इतने लोगों के मर जाने के बाद

इस्लाम हम शर्मिंदा हैं बहुत अब लाशें भी चीखती हैं
किस किस को रोऊं भला दोस्तों को दफनाने के बाद

मेरे अल्लाह मेरे पैगंबर तुम कहां हो किस जहां में हो
क्या आओगे अब किसी और कयामत के आने के बाद

इस लगातार खूंखार खूंरेजी पर भी तुम ख़ामोश हो कैसे
सवाल बहुत हैं तुम्हारे इस तरह ख़ामोश रह जाने के बाद

ढाका हो मदीना हो पेरिस पाकिस्तान भारत अमरीका
फातिहा पढ़ना बेकार है इतने हमले हो जाने के बाद

आख़िर तुम्हारी ज़न्नत का तकाजा क्या है

तुम्हारी अक्ल में मज़हब से ज़्यादा क्या है
आख़िर तुम्हारी ज़न्नत का तकाजा क्या है

अक्ल पर ताला, मज़हब का निवाला
अब तुम्हीं बता दो तुम्हारा इरादा क्या है

दुनिया भर से दुश्मनी की बेमुराद मुनादी
मनुष्यता से आख़िर तुम्हारा वादा क्या है

अपने मुल्क़ से, घर से, कुछ तो रिश्ता होगा
ऐसे दहशतगर्द बने रहने में फ़ायदा क्या है

यह अक्लियत है कि ज़हालत का जंगल
तुम्हारे मजहबी हमले का हवाला क्या है

दुनिया दहल गई है तुम्हारी खूंखार खूंरेजी से
तुम्हारी सोच में ज़ेहाद का यह ज़ज़्बा क्या है

यह खून ख़राबा, गोला बारूद, हूर की ललक
आख़िर तुम्हारे पागलपन का फ़लसफ़ा क्या है

मरते बच्चे, औरतें, मासूम लोग और मनुष्यता
तुम्हारी इन राक्षसी आंखों का सपना क्या है

मेरे भाई, मेरे बेटे, मेरे दोस्त, मेरी जान,
दुनिया में मनुष्यता और मुहब्बत से ज़्यादा क्या है

ताजमहल भारत में है पाकिस्तान बना सकता नहीं

पाकिस्तान आखिर पाकिस्तान है सुधर सकता नहीं
ताजमहल भारत में है पाकिस्तान बना सकता नहीं

धरती आकाश समंदर बंटता है उस का पानी भी
पाकिस्तान का माईंड सेट कोई बदल सकता नहीं

आतंक पाकिस्तानी सेना का मजहब है मुहब्बत दुश्मन
खून खराबा उस का बुनियादी चरित्र जो बदल सकता नहीं

फ़ौज भारत में भी है मनुष्यता की सर्वदा हामीदार होती है
विपदा कैसी भी ऐसी मदद कोई और तो कर सकता नहीं

भारतीय सेना मदद को दुनिया भर में बुलाई जाती है
पाकिस्तानी सेना से मदद कोई देश मांग सकता नहीं

मालदा इस के विपरीत है यह बात बताऊं कैसे

दादरी में सेक्यूलरिज्म की चांदनी है बताऊं कैसे
मालदा इस के विपरीत है यह बात बताऊं कैसे

शून्य का महत्व हमारे खेल में भी बहुत है सर्वदा से
दादरी के शून्य की ताकत सामने है छुपाऊं कैसे

मालदा का दर्द भूले रहेंगे मां की दवाई की तरह
बहुत बड़े हिप्पोक्रेट हैं हम यह बात बताऊं कैसे

हम लिखते हैं पढ़ते हैं बोलते हैं उन की सुविधा पर
भौंकते भी उन के कहने से हैं यह राज़ बताऊं कैसे

उन का सीधा आदेश है दूध को काला बताने का
पर दूध सफेद होता है इस सच को छुपाऊं कैसे

हम हुकुम के गुलाम हैं पान की बेग़म और जोकर भी
सारे पत्ते उन के हैं यह बात आप को बताऊं कैसे

कम्यूनलिज्म वर्सेज सेक्यूलरिज्म का आर्केस्ट्रा
उन के कहने से बजाता हूं यह बात बताऊं कैसे

जम्मू कश्मीर देश से कट जाता है कट जाने दो
इस मसले पर चुप रहना मुफ़ीद है बताऊं कैसे

सैनिक मरते हैं सीमा पर रोज तो मर जाने दो
यह हमारा एजेंडा नहीं है लेकिन बताऊं कैसे

जींस पहन कर फ़ेसबुक पर वह लाल सलाम बोलते हैं ताकि तने रहें

वह बाज़ार के ख़िलाफ़ लिखते हैं, बोलते हैं ताकि बाज़ार में बने रहें
जींस पहन कर फ़ेसबुक पर वह लाल सलाम बोलते हैं ताकि तने रहें

फ़सिज्म का विरोध करते-करते कब ख़ुद फासिस्ट बन गए उन्हें पता नहीं
वह तो गिरोह चलाते हैं ताकि सभा सेमिनारों में ताक़तवर सरगना बने रहें

लेखकों में अफसर हैं अफसरों में लेखक बिल्डर भी उन के प्रकाशक भी
आलोचक उन की कोर्निश बजाते रहते ताकि साहित्य में वह सजे-धजे रहें

वह संपादक हैं साहित्यिक पत्रिका के भ्रष्ट नेताओं अफसरों से यारी है
विज्ञापन के बाज़ीगर हैं पर शीर्षासन जारी है कि कहानीकार वह बने रहें

कारपोरेट के खिलाफ वह बिगुल बजाते बच्चे मल्टी नेशनल में नौकरी बजाते
बड़े ठाट बाट से वह ब्रेड खिलाते भूखों को ताकि मजलूमों में शान से खड़े रहें

ब्रांडेड कपड़े ब्रांडेड जूते ब्रांडेड ह्विस्की ब्रांडेड जुमलों में खूब नारे लगवाते
वह ब्रेख्त और नेरुदा को झूम कर गाते हैं ताकि बड़का क्रांतिकारी बने रहें

जो उन से मतभेद जता दे उस को आंख मूद संघी बतलाते और गरियाते
सेक्यूलरिज्म के कुत्ते दौड़ाते ताकि सल्तनत के बेताज बादशाह वह बने रहें

रेलवे स्टेशन भूल गए हैं शहर की गलियां उन्हें चिढ़ातीं कुत्ते दौड़ाते हैं
एयरपोर्ट से आते-जाते कूल-किनारा भूल गए ताकि वह एलिट बने रहें

मालपुआ खा कर जहर बोते हैं ब्राह्मणों को गरियाने में सर्वदा से चौंपियन
सारी कसरत है अपना जातीय मठ बचाने की ताकि मठाधीश वह बने रहें

उन की दुकान ही है जातियों में आग लगा कर दलित पिछड़ा बताने की
देश रहे चाहे जाए भाड़ में उनका मकसद साफ है सरकार में बस बने रहें

पैसा लेते हैं जो अफसर तूती उन की ही बोले ईमानदार पागल कहलाते
कमाई में सब का अपना-अपना हिस्सा है बस नेता जी सी बी आई से बचे रहें

फ़ेसबुक गूगल अमरीकी हैं पूंजीवादी हैं फिर आप यहां उपस्थित कैसे हैं

कामरेड अंतर्विरोध बहुत गहरे हैं आप के आंख मूंद पालते पोसते कैसे हैं
फ़ेसबुक गूगल अमरीकी हैं पूंजीवादी हैं फिर आप यहां उपस्थित कैसे हैं

यह अंतर्विरोध है मौकापरस्ती है हृदय परिवर्तन या कि कोरी फैशनपरस्ती
मालूम भी है फेसबुक पर आप की लफ़्फ़ाजी को लोग देखते भला कैसे हैं

पर आप तो अपने ही में मगरूर देखें भी भला कैसे चौहद्दी तोड़ें भी कैसे
कामरेड यह तो बताएं आप इस बंद कुएं में इतने चैन से रहते कैसे हैं

माना कि आप का बना बनाया सुचिंतित गैंग है कुतर्क के हथियारों से लैस भी
साथी कामगार तो फेसबुक पर हैं ही नहीं फिर उन को एड्रेस करते भी कैसे हैं

जो कम्यूनिस्ट नहीं है वह आदमी भी नहीं है अजब है यह फिलासफी भी
इस फासिज़्म पर कौन न फ़िदा हो इस मासूमियत पर कुर्बान सारे सदक़े हैं

सभी विचारधारा के लोग हैं यहां संघी भी हैं ब्राह्मण भी रिएक्शनरी भी
आप तो हर किसी के साथ मंच साझा करते नहीं पर यहां करते कैसे हैं

अच्छा-अच्छा ब्लाक करते हैं लेकिन आप तो सर्वहारा के अलंबरदार ठहरे
इस भरी डेमोक्रसी में तानाशाही का बूट पहने खुले आम घूमते-फिरते कैसे हैं

छुआछूत तो ब्राह्मणों की बपौती थी यह बताने की दुकानदारी ठहरी आप की
पर अब तो छुआछूत आप का स्थाई भाव हो गया इस को मेनटेन करते कैसे हैं

घर में घंटी बजा कर आरती बाहर धर्म की ऐसी-तैसी की नौटंकी का पाखंड
कुर्बान जाऊं ऐसी मासूमियत पर इस फासिज्म पर जां-निसार कैसे-कैसे हैं

सामाजिक परिवर्तन शोषक शोषित वर्ग संघर्ष जैसे सरोकार कब का भूल गए
जाति और धर्म का जहर घोलने के अलावा कोई और काम आप करते कैसे हैं

धर्म अफ़ीम है मार्क्स कहता है जानते मानते इस सचाई को हम सब भी हैं
कमाल यह कि धर्म की राजनीति कर मार्क्स को भी आप पानी पिलाते कैसे हैं

घर बेच कर शराब पी गए अब दुनिया जलाने की बात करते हैं

काम-धाम तो कुछ कर सकते नहीं इंक़लाब की बात करते हैं
घर बेच कर शराब पी गए अब दुनिया जलाने की बात करते हैं

कभी वह असहिष्णुता तो कभी आत्महत्या की बात करते हैं
लफ़्फ़ाजी में ज़िंदगी गुज़री है सो लफ़्फ़ाजी की बात करते हैं

जिम्मेदारी कभी उठाई नहीं ख़ुद बोझ बन ज़मीन से कट गए
लफ़्फ़ाजी के विराट चौंपियन आकाश में उड़ने की बात करते हैं

समाज में जहर बोने में पारंगत जातियों की दुकानदारी में अव्वल
उन का अहंकार अव्वल है देश कमजोर बनाने की बात करते हैं

कैसे किस को लड़ाया जाए उन की चौसड़ बिछी रहती है दिन रात
ख़ुद को बदल सकते नहीं लेकिन समाज बदलने की बात करते हैं

घर में बच्चे भूख से तड़पते हैं मरते हैं तो मर जाएं उन की बला से
वह आटा पिसा नहीं सकते पत्नी से चीख-चीख कर यह बात करते हैं

वामपंथी हैं लेकिन शनि मंदिर में औरतों के प्रवेश खातिर संघर्षरत हैं
धर्म अफीम है तो हुआ करे वह तो औरतों की बराबरी की बात करते हैं

अपनी राजनीति को परवान चढ़ाने ख़ातिर समाज क्या देश भी तोड़ देंगे
आरक्षण खत्म हो जाने का भय दिखा कर देश जलाने की बात करते हैं

आरक्षण की बैसाखी बहुत बड़ा औजार और हथियार है उन का
आत्महत्या ख़ातिर उकसा कर शहीद बनाने की बात करते हैं

कायरता और दोमुंही बातों के बाज़ीगर हिप्पोक्रेसी के बादशाह
चित्त भी उन की रहे पट्ट भी उन की सर्वदा ऐसी ही बात करते हैं

वह दलित हैं वह सेक्यूलर हैं
पर ज़िद ऐसे करते हैं जैसे छोटे बच्चे हैं

देश और समाज की ऐसी तैसी उन के लिए तयशुदा एजेंडे ही अच्छे हैं
वह दलित हैं वह सेक्यूलर हैं पर ज़िद ऐसे करते हैं जैसे छोटे बच्चे हैं

उन की चुनी हुई चुप्पियां चुने हुए विरोध उन को कैंसर की तरह जकड़े हैं
नकली माहौल बनाने में बहुत माहिर हैं ज़मीन पर लेकिन बहुत कच्चे हैं

देश को ब्लैकमेल करते रहना उन का स्थाई एजेंडा वह डिग नहीं सकते
वह जानते हैं राजनीतिक पार्टियों का दोगलापन सो मनबढ़ई में पक्के हैं

आतंकवाद कश्मीरी पंडितों का शरणार्थी होना उन के लिए बेमतलब मुद्दे हैं
अफ़जल कसाब इन के हीरो सारी दुनिया झूठी है बस यही एक एक सच्चे हैं

उन की अकड़ उन का अहंकार उन का व्यवहार उन्हें तोड़-तोड़ देता है
पर लुक ऐसे देते हैं गोया सारे लोग मूर्ख हैं वह पके ईंट की तरह पक्के हैं

जहर उगलने और माऊथ कमिश्नरी में अव्वल कभी कोई जवाब नहीं रहा
कुतर्क उन की थाती जो लोग उन से असहमत हों वह सभी संघी हैं लुच्चे हैं

आत्महत्या कर के दुनिया को हिला देने की कूवत रखते हैं आप उन से डरिए
नहीं समूचे देश में आग लगा देंगे वह अपने कायराना इरादे के बहुत पक्के हैं

समाज को जोड़ना नहीं तोड़ना हर हाल मक़सद मिशनरियों का चंदा ज़रूरी है
बाक़ी सारे मसले भाड़ में जाएं दाग हैं तो रहें उनके लिए यह दाग बहुत अच्छे हैं

मंदिर का विरोध और मंदिर में प्रवेश का संघर्ष एक सांस में करने की सीनाजोरी
फासिज़्म की कोई हद होती नहीं कोई आईना दिखाए कैसे यह सावन के अंधे हैं

जे.एन.यू. में आतंक का कश्मीरी राग सुनकर हरगिज हैपी नहीं हैं

वामपंथियों का यह देशद्रोही बवाल देख कर हम बिलकुल हैपी नहीं हैं
जे एन यू में आतंक का यह कश्मीरी राग सुन कर हरगिज हैपी नहीं हैं

कश्मीर देश का मुकुट है ज़न्नत है धरती की उसे ये तोड़ने की ज़िद में हैं
कश्मीरी पंडित कश्मीरी मुल्ला और कश्मीरियत भी इन से हैपी नहीं हैं

राष्ट्रीयता की मारी ढ़पोरशंखी दोगली सरकार भी हाथ पर हाथ धरे बैठी है
निकम्मी सरकार की इस नपुंसकता भरी कायरता से भी हम हैपी नहीं हैं

लाखों सैनिक शहीद हो गए कश्मीर की सरहद पर मासूमों की जान गई
जिस झेलम चिनाब में खून बहा वह नदियां रोती हैं यह नदियां हैपी नहीं हैं

विदेशी फंडिंग के मारे हैं क्रांति का मुखौटा ओढ़ कर अमन के दुश्मन हैं
इनको हर तरफ आग चाहिए देश में शांति हो यह सोचकर यह हैपी नहीं हैं

सेक्यूलरिज्म की चादर ओढ़ कर यह समाज बांटते रहते हैं देश तोड़ते हैं
दलितों का दामन थाम कर पल-पल इन के जहर घोलने से हैपी नहीं हैं

बुद्धिजीवी होने का स्वांग भर कर हिप्पोक्रेसी की हरदम हाइट तोड़ते हैं
इन की चुनी हुई चुप्पियों चुने हुए विरोध से अब देश के लोग हैपी नहीं हैं

संसद पर हमलावर अफजल को शहीद बता आजादी का नारा लगाते हैं
यह और ऐसी इन की नापाक हरकतों से आम शहरी भी कहीं हैपी नहीं है

फेलोशिप की हड्डी पा कर कुत्तों की तरह चबाने वाले पत्रकार भी चुप हैं
मिशनरियों से पैसा पा कर जहर उगलने वाले बंडलों से हम हैपी नहीं हैं

आत्म-मुग्धता अहंकार कुतर्क कुटिलता और दंभ में डूबे हुए यह लोग
सड़े हुए इन नासूरों से कोई हिस्सा कोई हलका कोई भूगोल हैपी नहीं हैं

काश देशद्रोहियों को सीधे-सीधे गोली मार देने का क़ानून होता इस देश में

जान से प्यारा पाकिस्तान का नारा लगा इतनी सीनाजोरी न होती इस देश में
काश देशद्रोहियों को जो सीधे सीध गोली मार देने का क़ानून होता इस देश में

बात-बात पर आग लगाना असली को नंकली बतलाना खामखा अड़ जाना
संदर्भ से कट कर बतियाना गाल बजाना कामरेडों का फैशन है इस देश में

इस ज़िद सनक और झख के आगे गर यह नपुंसक भगवा सरकार न होती
असहिष्णुता का नकली खिलौना और माहौल नहीं बना पाता कोई इस देश में

आप की लड़ाई के औजार सारे भोथरे हो गए ज़िद और सनक से जो बचे रहते
लाल सलाम का काला चश्मा इस कदर चकनाचूर न होता कामरेड इस देश में

वैचारिक प्रतिबद्धता खंडित होती जाती है आप के कुतर्क और सनक के आगे
अपने से असहमत होने वालों को संघी कह देने का चलन न होता इस देश में

अभिव्यक्ति की आजादी तर्क-वितर्क ज़रूरी है पर कुतर्क की मुनादी गैर जरूरी
दलित मुस्लिम के कंधे पर बंदूक रख गोली चलाना काश जुर्म होता इस देश में

जान से प्यारा पाकिस्तान का वह गीत अब गाने लगे

विरोध का सुर ऐसा कश्मीर को आजादी दिलाने लगे
जान से प्यारा पाकिस्तान का वह गीत अब गाने लगे

महिषासुर दिवस मनाते-मनाते मन इतना बढ़ गया
आतंकवादी अफजल गुरु को भी शहीद बताने लगे

एक यही लोग हैं पढ़े-लिखे बाकी दुनिया जाहिल है
जो इन से असहमत हुआ उसे फासिस्ट बताने लगे

राष्ट्र शब्द सुनते ही भड़क जाते तर्कातीत हो जाते
भगवा का भूत दिखा कर हर किसी को डराने लगे

मनबढ़ हैं अराजक हैं ब्लैकमेलिंग के एक्सपर्ट पुराने
यथा स्थिति तोड़ी गई तो ख़ूब तेज़-तेज़ चिल्लाने लगे

कुतर्क की खेती पर जन्म सिद्ध अधिकार इन का है
खेती छीन ली गई इन के हाथ से बदस्तूर बौराने लगे

बचाव के रास्ते जब सारे बंद हो गए तो वह क्या करें
आजमाया दांव है पुराना अब संघी-संघी चिल्लाने लगे

भारत की बर्बादी तक जंग लड़ने की तैयारी उन की है
आंख में धूल झोंक पूरी उस्तादी से सब को बरगलाने लगे

देश में रहते खाते हैं
पर देशद्रोह से पहचाने गए

मंज़र उदास करता है पर कुछ लोग पहचाने गए
देश में रहते खाते हैं पर देशद्रोह से पहचाने गए

आतंकवादी अफजल का फांसी दिवस बहाना था
देशद्रोहियों के इगो मसाज खातिर वह जाने गए

सिर से पांव तक जहर भरा पड़ा है इन के भीतर
मनुष्यता से नहीं जाति और मज़हब से जाने गए

उन को कामरेड की गिरफ़्तारी पर रंज है बेइंतिहा
लेकिन देशद्रोही नारों से मुहब्बत के लिए जाने गए

पढ़े-लिखे होने का दावा बहुत है इसी की रंगबाज़ी
वफ़ादारी नहीं देश से गद्दारी के लिए वह जाने गए

हर तरफ आग धुआं हर तरफ तकलीफ और घुटन
वह तो हल्ला बोल कर वेलेंटाईन का गीत गाने लगे

जाति मजहब की दरारें और देश में पड़ी दरार और
जब लोग पिल पड़े हैं चारो तरफ से तो घबराने लगे

उन के पास पैसे हैं भारत की बर्बादी के नारे हैं तराने हैं

हमारे पास रोजी नहीं है रोटी दाल की लड़ाई के गाने हैं
उन के पास पैसे हैं भारत की बर्बादी के नारे हैं तराने हैं

एक मिट्टी का घर है छोटा सा मेरे पास अपने गांव में
उन के पास कोठी कार फार्म हाऊस है क्रांति के गाने हैं

फर्क बहुत है हम सब के बीच हमारे पास पेट की लड़ाई है
उन की लड़ाई पेट के नीचे की है देह के अनगिन फसाने हैं

उन के पास वैचारिक लड़ाई के हिप्पोक्रेटिक किस्से हैं बहुत
बातों से आग लगाने में माहिर बयान बहादुर बहुत पुराने हैं

नेतृत्व उन के हाथ में है बहुत बड़े शिकारी हैं उन का नाम है
अन्याय अत्याचार हमारे हिस्से हम शिकार बहुत पुराने हैं

अपनी लफ्फाजी अंतर्विरोध और बीमारी की काट बड़ी शान से
भगवा रंग और संघियों में सर्वदा वह खोज लेते हैं बड़े सयाने हैं

सुप्रीम कोर्ट अफजल की हत्यारी है यह कौन सी बात है

गोडसे गांधी का हत्यारा है यह तो बिलकुल सही बात है
सुप्रीम कोर्ट अफजल की हत्यारी है यह कौन सी बात है

गोडसे की आड़ ले कर अपने मुंह की कालिख छुपाना जुर्म है
यह प्रैक्टिस हरगिज़ ठीक नहीं आंख में धूल झोंकने की बात है

सरकार विरोध और देश विरोध में बुनियादी फ़र्क बहुत होता है
छल करना प्रपंच करना पूरे देश को लात मारना देशद्रोही बात है

विचार और राजनीति में प्रतिरोध जायज है प्रतिरोध कीजिए
प्रतिरोध के नाम पर देशद्रोहियों की हिफ़ाज़त घिनौनी बात है

आप की अकल पर परदा पड़ गया है इसे अब हटा भी लीजिए
अफजल के पैरोकारों की ऐसी पैरवी क्या देशभक्ति की बात है

गांधी दुनिया भर की शान हैं गोडसे कलंक हर कोई जानता है
अफजल को शहीद बता गांधी से तोलना बहुत शर्म की बात है

लोकतंत्र का सब से बड़ा मंदिर संसद सुप्रीम कोर्ट देश की आंख
इन पर हमला आंख दिखाना बहुत शर्म और फजीहत की बात है

भारत तेरे टुकड़े होंगे, इंशा अल्लाह इंशा अल्लाह नारे लगते हैं

देशद्रोह कहां है यह तो अभिव्यक्ति की आजादी है ऐसा कहते हैं
भारत तेरे टुकड़े होंगे, इंशा अल्लाह इंशा अल्लाह नारे लगते हैं

वह अब जब खुद ही हार गए हैं तो अपनी परछाईं से लड़ते हैं
जब बताने को कुछ नहीं बचा तो देश की तरुणाई से लड़ते हैं

देशभक्त, गोसेवक, हिंदू कह कर जब-तब उपहास उड़ाते रहते हैं
जब तर्क नहीं बचता उन के पास तो फिर इस मजाक से लड़ते हैं

पाकिस्तान ज़िंदाबाद उन का है हिंदुस्तान जिंदाबाद इन का है
अपना-अपना माईंड सेट वोट बैंक के आगे नतमस्तक रहते हैं

देश रहे या भाड़ में जाए वोट की तिजोरी और यह अहंकार बना रहे
मुट्ठी भर वोट की खातिर बहुसंख्यक से सर्वदा छल करते रहते हैं

गोडसे हत्यारा गांधी का मनुष्यता को इंकार कभी कब रहा भला
अफजल इन का दुलरुआ बच्चा है जैसे इस अधिकार से लड़ते हैं

मनी लांड्रिंग बढ़ती जाती है देशभक्ति की बात करते हैं

किसान भूख से मर रहा है वह विकास की बात करते हैं
मनी लांड्रिंग बढ़ती जाती है देशभक्ति की बात करते हैं

सरकार वही संशय वही शहर व जहर का दाम भी वही
वह आत्महत्या करता है यह अस्पताल की बात करते हैं

गांव जहां थे वहां अब नहीं हैं गेहूं नहीं शहर उगते हैं वहां
बिल्डरों की खेती है वह तो स्मार्ट सिटी की बात करते हैं

सब्जी मंहगी होती है दाल मंहगी होती है तो हुआ करे
सोना चांदी सस्ता हो रहा है विश्व मुद्रा की बात करते हैं

वायदा कारोबार बड़ा डाकू लूटने का लाइसेंस दे दिया है
मंहगाई कम हो नहीं सकती जी एस टी की बात करते हैं

ब्लैक मनी का झुनझुना जब पुराना पड़ गया तो घबरा कर
मेकिंग इंडिया स्टार्ट अप जैसे ढेरों झांसों की बात करते हैं

इंडेक्स शेयर जी डी पी आंख में धूल झोंकने के नुस्खे हैं
कारपोरेट कंपनियों के हाथ देश बेचने की बात करते हैं

कुतर्क देखिए मां को बाप की बीवी बताते हैं

अपने विरोधी को गोडसे और संघी बताते हैं
कुतर्क देखिए मां को बाप की बीवी बताते हैं

ऐब छुपाने के लिए क्या से क्या कर जाते हैं
रहते दिल्ली में लेकिन इस्लामाबाद गाते हैं

पूरे देश में असहिष्णुता का माहौल बताते हैं
खुद फासिस्ट हैं सब को फासिस्ट बताते हैं

भारत विरोध उन की वैचारिकी की खुराक
भारत को बर्बाद करने की मुहिम चलाते हैं

बाजते रहते हैं वह जैसे बाघ से बिल्ली बाजे
मन बढ़ जाता है तो जनमत से बाज जाते हैं

देश को घायल करने में कोई कसर नहीं छोड़ी
अपना घाव दिखाने में तिल का ताड़ बनाते हैं

तुष्टिकरण खातिर देश तोड़ने की हद तक गए
सनक देखिए हिंदू होने को वह गाली बताते हैं

अभिव्यक्ति का पंचांग कुछ इस तरह हंस-हंस कर बांच रहे हैं

पहले सेक्यूलर में दलित मिलाया अब देशद्रोह को गांठ रहे हैं
अभिव्यक्ति का पंचांग कुछ इस तरह हंस-हंस कर बांच रहे हैं

खुले आम भारत के टुकड़े-टुकड़े करने का आह्वान हिला देता है
पर वह ऐसे ज़िक्र करते हैं इस का जैसे ठंड में आग ताप रहे हैं

उन के पास फंडिंग का मीटर है एंटी एस्टिब्लिश्मेंट का एजेंडा है
देशभक्ति के भूगोल को किसी बेईमान पटवारी की तरह नाप रहे हैं

एन जी ओ में किस आंदोलन से कितना पैसा आया है या आएगा
क्रांतिकारी लोग चार्टर्ड अकाउंटेंट के साथ गुणा-भाग जांच रहे हैं

यह रोजगार है उन का बस यही कमाई है देश टूटे रहे उन को क्या
लत के मारे भटके लोग हैं बेगानी शादी में वह कूद-कूद नाच रहे हैं

ज़ज़्बात देश समाज इन की राय में कमज़ोर बेकार फिजूल बातें हैं
पूर्वग्रह के मारे हुए हैं उनके अपने कमिटमेंट हैं और हांफ रहे हैं

इशरत को बेटी अफजल को दामाद बताना चाहते हैं

उदारता देखिए देश बीवी सब गिफ्ट करना चाहते हैं
इशरत को बेटी अफजल को दामाद बताना चाहते हैं

गांधी को तो कभी नहीं मानते पर गोडसे को जानते हैं
दुकान सजाने के लिए वह उमर ख़ालिद को चाहते हैं

सिर्फ़ संगठन ज़रूरी है इन के लिए भी उन के लिए भी
देश समाज की ऐसी तैसी करना दोनों ही लोग जानते हैं

न उन को अहिंसा पसंद है न शांति वह हिंसा के पुजारी
आग जैसे भी लगे बस किसी सूरत आग लगाना चाहते हैं

अपनी कमीज़ को सर्वदा सफ़ेद बताने की बीमारी है उन्हें
सीनाज़ोरी और बेशर्मी का वह शो रूम खोलना चाहते हैं

कामरेड तुम्हारे फासीवाद की नदी से गुजरती अब यह नई सदी है

क़ानून कायर है जालिम भी बहुत लेकिन जनमत आग की नदी है
कामरेड तुम्हारे फासीवाद की नदी से गुज़रती अब यह नई सदी है

किसी विचार का अनुवाद कैसे फासीवाद में होता देखना दिलचस्प
तुम्हारी ज़िद सनक अहंकार में डूबी अभिव्यक्ति की जहरीली नदी है

इतिहास दर्ज रखता है सारे स्याह सफेद बिना किसी रौ रियायत के
हिटलर आज तक अपना चेहरा बदल नहीं पाया समय ऐसी नदी है

ग़ालिब मीर फैज़ नाज़िम सब कराह रहे होंगे अपने-अपने दीवान में
कबीर घायल मीरा का गला अवरुद्ध गीत की यह कौन सी टेढ़ी नदी है

तोड़-फोड़ कितना भी करो धृतराष्ट्र अंधा ही रहता है विवश गांधारी भी
घायल हस्तिनापुर सिसकता है कि मनुष्यता के खून की बेकल नदी है

जिस मां का दूध पिया उसी के दूध को बता दिया है जहरीला अजब है
तुम्हारे कुतर्क के बादल बरसते हैं झुलसता देश है गोया तेजाबी नदी है

सेक्यूलर दिखने की बीमारी से लोग उबरना कहां चाहते हैं

सब इसी कुएं में पड़े हैं निकलने का रास्ता कहां जानते हैं
सेक्यूलर दिखने की बीमारी से लोग उबरना कहां चाहते हैं

धरती पर नहीं आसमान में रहते सच से कोई वास्ता नहीं
बंद दरवाज़ों में रहने वाले धूप में निकलना कहां चाहते हैं

जानते सारे लोग हैं कि यह मुश्किल बहुत बड़ी है सिर पर
डाक्टर खुद बीमार हैं बीमारी से निपटना कहां जानते हैं

तुष्टिकरण का कैंसर लास्ट स्टेज पर है अब इस देश में
समाज विज्ञानी भी इस नासूर का निदान कहां जानते हैं

बड़े-बड़े घायल हैं बड़े-बड़े कुर्बान पर वोट बैंक का गड्ढा
कैसे भरें किस से भरें इस तोड़ का रास्ता कहां जानते हैं

फिल्में दग़ाबाज़ हैं लंपट हैं खोखली हैं उन की कहानियां
मीडिया सिर्फ़ दलाल है यह बात सब लोग कहां जानते हैं

लगता है कामरेड तुम्हारी काठ की हाड़ी उतर गई है

छल-कपट किया बहुत पर लाल पगड़ी उतर गई है
लगता है कामरेड तुम्हारी काठ की हाड़ी उतर गई है

देश को कितना चिढ़ाओगे तुम्हारे पास आधार नहीं
अराजकता ही बची है उस की लाल कलई उतर गई है

संघी गोडसे वगैरह बासी कढ़ी है मीनू नया तैयार करो
इस थेथरई में कुछ नहीं रखा आंच इस की उतर गई है

कोरी नारेबाज़ी से न्याय नहीं मिलता देश भले जलता
देशद्रोह की लाल छतरी अब हर नज़र से उतर गई है

देश का मौसम बदला गया है लाल चश्मा उतर गया है
कुतर्क की खेती सूख गई है क्रांति पटरी से उतर गई है

बहुत हो गया तू-तू मैं-मैं देशद्रोह के नारे विष वमन भी
भारत की धरती पर अब उम्मीद की बदली उतर गई है

आप उन्हें देशद्रोह पर घेरेंगे वह वंचित दलित बन जाएंगे

जातीय जहर का एक नया पटाखा छोड़ पीड़ित बन जाएंगे
आप उन्हें देशद्रोह पर घेरेंगे वह वंचित दलित बन जाएंगे

वह हार कर भी हारते नहीं सर्वदा जीतने का टोटका जानते हैं
बेशर्मी है सेक्यूलरिज़्म की सेक्यूलर का झुनझुना बन जाएंगे

आप सत्यमेव जयते में बेकार उलझे हैं यह सब अब बेअसर है
वह जहर से भरे पड़े हैं अपने ही कुतर्क के जहर में सन जाएंगे

अजब लोग हैं यह तर्क तथ्य पर गहरी ख़ामोशी और हिक़ारत
वह देखेंगे ऐसे जैसे आप बड़े मूर्ख हैं ख़ुद होशियार बन जाएंगे

आप क्या कर लेंगे उन का उन की दुनिया अलग है बात जुदा
वह किसी यूनिवर्सिटी में पढ़ते पढ़ाते रहे हैं हिटलर बन जाएंगे

इन पर बात करना वक्त ख़राब करना ख़ुद को नष्ट करना है
कहिए आम वह सुनेंगे इमली और बबूल बता सटक जाएंगे

जाने कौन सी बीमारी लग गई है उन को हर एक बात बुरी लगती है

संसद बुरी अदालत बुरी और अब सेना भी उन्हें बहुत बुरी लगती है
जाने कौन सी बीमारी लग गई है उन को हर एक बात बुरी लगती है

चिढ़े हुए हैं इस कदर कि उन को बाग़ में बुलबुल का गाना भी नहीं भाता
सूरज से भी नफ़रत है रात का चांद भी जहर लगता चांदनी बुरी लगती है

सपने में भी वह चुप नहीं रहते चिल्लाते रहते हैं हरदम कि जैसे पागल
अपने घर में भी उन को सांप्रदायिकता की एक तलवार खड़ी दिखती है

विरोध ज़रुरी है व्यवस्था का रोका किस ने पर कठपुतली हो गए हैं
अब वह खुद के ख़िलाफ़ खड़े हैं इस कदर कि मां भी बुरी लगती है

बहुत सेलेक्टिव हैं सो विरोध भी चुन कर करते हैं ब्रांडिंग में माहिर हैं
हवा को भी वह बांध लेना चाहते हैं हवा भी उन को लाल हरी लगती है

सेक्यूलरिज़्म के जाल में जो आए लपेट लेते हैं बख्शते नहीं किसी को
जो भी बात देश के ख़िलाफ़ जाती उन को वह बात बहुत भली लगती है

संस्कृत संत मंदिर नदी यह धरती भी उन के विरोध के एजेंडे में है शामिल
मनुष्यता से उन को चिढ़ बहुत उन की हर बात में कुतर्क की नदी बहती है

ग्लोब्लाइज हो गए हैं
बच्चे लेकिन यह लोग तो मनुस्मृति में उलझे हैं

दुनिया बन गई है हथियार की बड़ी मंडी यह तू तू मैं मैं में उलझे हैं
ग्लोब्लाइज हो गए हैं बच्चे लेकिन यह लोग तो मनुस्मृति में उलझे हैं

तौलने के यह औजार भोथरे हो गए हैं पैमाने सारे इधर उधर हो गए
दुनिया हो गई अब दो क़दम की यह वामपंथ दक्षिणपंथ में उलझे हैं

सपने में भी वह विपन्न हैं विचार में भी दकियानूस लेकिन मानते कहां
अपनी सनक में हर किसी को मूर्ख समझने की बुद्धिमानी में उलझे हैं

यह वामी कह गरियाते रहते हैं तो वह संघी बता मुंह फुलाते रहते हैं
किसानों की हत्या होती रोज रोज लेकिन यह आत्महत्या में उलझे हैं

एक तरफ से आतंक डराता रहता दूसरी तरफ बेरोजगारी चिढ़ाती है
यह देशद्रोह देशभक्ति आज़ादी की मुकाबला कव्वाली में उलझे हैं

रोटी मंहगी होती जाती दिन ब दिन दाल सब्जी थाली में सपना सरीखा
लेकिन यह अफजल के समर्थन और विरोध की लफ्फाजी में उलझे हैं

संघर्ष लड़ाई और बदलाव के रास्ते और इन की लफ्फाजी के और
जाति मज़हब की दुकानदारी बड़ी है इसी मौकापरस्ती में उलझे हैं

कार्पोरेट आवारा पूंजी से बढ़ती जाती लड़ाई खाई बढ़ती ही जाती है
यह कुतर्क के मारे नक्सल और इशरत की नूरा कुश्ती में उलझे हैं

सेक्यूलरिज़्म के शौक ने उन्हें पमेलियन कुत्ता बना दिया

महत्वाकांक्षा इतनी बढ़ गई कि देश को तमाशा बना दिया
सेक्यूलरिज़्म के शौक ने उन्हें पामेरियन कुत्ता बना दिया

आज़ादी लगता है कुछ ज़्यादा मांग ली देशद्रोही नारे लगा
इतना लगा दिया कि सिस्टम ने उन को तोतला बना दिया

प्राथमिकतायें बदली हैं बेतरह चीज़ें भी उलट पुलट हो गई
क्रांतिकारी इस कदर हो गए वह घर का दिया बुझा दिया

मनबढ़ होना उन को ले डूबा बहुत बिन पानी की नदी में
रेत में सिर दिए पड़े हैं पर कड़ी धूप ने सनकी बना दिया

भाषाओं के इस झगड़े में आंगन जैसे कोई समंदर हो गया
खारापन इतना बढ़ा कि खुद को पूरा नकचढ़ा बना लिया

कुतर्क जैसे बिजली का नंगा तार है दोस्ती में भी मारता है
लेकिन उन के गले ऐसे पड़ा है देश को गुस्सा दिला दिया

डिप्लोमेसी भी काम नहीं आई न रास आया वह कोलाहल
लोग खड़े हुए ख़िलाफ़ इतना कि भारी जनमत बना दिया

भारत माता की जय बोलने से घबराए लोग जय हिंद बोल रहे हैं

हर आग में हाथ सेंकने वाले डर डर के सही जय हिंद बोल रहे हैं
भारत माता की जय बोलने से घबराए लोग जय हिंद बोल रहे हैं

यह उन की मजबूरी ही सही पर यह बदलाव बहुत बड़ा है दोस्तों
सेना को बलात्कारी बोलने वाले मक्कार भी जय हिंद बोल रहे हैं

जिन की आदत पुरानी बहुत मां को पिता की बीवी कहते रहने की
बदल गए हैं अब वह भी अम्मी अम्मी कह कर जय हिंद बोल रहे हैं

एक जावेद अख़्तर की तकरीर ने तस्वीर बदल दी है नफ़रत की
जान से प्यारा पाकिस्तान बोलने वाले भी अब जय हिंद बोल रहे हैं

आप अपनी मां को मां नहीं कहते तो कहते क्या हैं बताईए भला
दिक्कत है नफ़रत की नदी में डूब कर वह जय हिंद बोल रहे हैं

भारत माता की जय बोल कर आज़ाद हुआ यह देश सब जानते हैं
यह हराम हो गया कैसे कि मुंह छुपाने के लिए जय हिंद बोल रहे हैं

जय हिंद जय हिंद की सेना तो बलिदानी होती है उन्हें मालूम नहीं
बलिदानी भी यह हैं नहीं जाने किस डर से यह जय हिंद बोल रहे हैं

देश को सर्कस बना कर सही अपनी मिट्टी पलीद करवा कर सही
मुखौटा उतार अफजल के पैरोकार भी अब जय हिंद बोल रहे हैं

जनता जानती है सब उठ कर खड़ी हुई तो हवा बदल गई इस कदर
हवा का असर है एक से एक जहरीले नाग अब जय हिंद बोल रहे हैं

वह उत्पात कर कर के डर गए हैं बहुत जैसे सन्निपात के मारे हुए हों
जय हिंद जय हिंद वह बारंबार बारंबार जय हिंद जय हिंद बोल रहे हैं

कभी असहिष्णुता तो कभी भारत माता की जय का गिला है

विवाद और पागलपन का जैसे चोली दमन का सिलसिला है
कभी असहिष्णुता तो कभी भारत माता की जय का गिला है

दुनिया भले बदल जाए उन का माइंड सेट बदलना मुश्किल
हिल गई दुनिया पर उन के जंगल का एक पत्ता नहीं हिला है

लॉजिकल इतने पिता से भी डी एन ए टेस्ट मांगने पर आमादा
उन की वैचारिकी की ज़िद में पूर्वाग्रह का नमक बहुत मिला है

सुनना समझना और परखना वह नहीं जानते हरगिज हरगिज
आप चाहे कुछ भी कहिए उन के पास कुतर्क का बड़ा किला है

माचिस से आग भले जलती पर आग में माचिस भी जल जाती
पानी में भी आग लगा करती है यह बहुत पुराना सिलसिला है

सब का अपना कैमरा अपना चश्मा अपना ही झोला अपना कुंआ
जनता तो बस कूड़ेदान है इतिहास में ऐसा प्रमाण सर्वदा मिला है

मंदिर गिरिजा मस्जिद में भी अब सिर्फ़ प्रार्थना अजान नहीं होती
राजनीति वहां ज़्यादा होती फिसल जाता हर कोई चिकना घड़ा है

कम्युनिस्ट हो कर पूजा करना भी बहुत बड़ी लाचारी है

प्रगतिशीलता की आड़ में कट्टर लीगी होना बीमारी है
कम्युनिस्ट हो कर पूजा करना भी बहुत बड़ी लाचारी है

हिप्पोक्रेटों की दुनिया है चहुं ओर उन का ही बाजार है
बाहर कुछ भीतर कुछ होना उन की यही दुकानदारी है

बचपन से यही देखा यही भोगा और इसी से हारते आए हैं
चार सौ बीसी सर्वदा आगे रहती मार खाती ईमानदारी है

जाति की गणित में सांस लेता मज़हब की घृणा वही बांटता
सेक्यूलरिज्म की चादर पर नचाता बंदर वह बड़ा मदारी है

मंहगाई का असर नहीं है खर्चे की पैसा भर परवाह नहीं है
दुनिया जानती है आदमी ईमानदार नहीं पक्का भ्रष्टाचारी है

आतंक का मजहब नहीं होता यह गाना बेसुरा लगता है

आतंकवाद को आतंकवाद कहना उन को बुरा लगता है
आतंक का मजहब नहीं होता यह गाना बेसुरा लगता है

सेक्यूलर कहलाने का फैशन अब सिर्फ़ हिप्पोक्रेसी है
मज़हबी आतंक पर उन को चुप रहना अच्छा लगता है

ज़मीनी लड़ाई लड़ने में अब दोस्तों का यकीन उठ गया
उन को आज़ादी के फर्जी नारों में जीना अच्छा लगता है

स्काच का जाम है कबाब है चिकन मटन बिरयानी भी
ए सी कमरे में बैठ लफ़्फ़ाजी करना अच्छा लगता है

धर्म अफीम है वह कहते तो हैं लेकिन मानते कहां हैं
मनुष्यता नहीं सांप्रदायिक तुष्टिकरण अच्छा लगता है

आतंकियों के खिलाफ चुप रहना भी एक स्ट्रेटजी है
हिंदुत्व की कड़ाही में ऐसे घी डालना अच्छा लगता है

मनुष्यता कम सेक्यूलरिज़्म ज़्यादा समझते हैं

लोग लिखा हुआ कम फोटो ज़्यादा समझते हैं
मनुष्यता कम सेक्यूलरिज़्म ज़्यादा समझते हैं

कहते तो थे कि छुआछूत है बहुत बड़ा अभिशाप
लेकिन कट्टर हो गए इतने अब छुआछूत बरतते हैं

अख़बारों के पास अब खबरिया तेवर भी कहां है
वहां तो कारपोरेटऔर सरकार के बयान छपते हैं

अपना अपना इस्लाम है अपनी अपनी कुरआन
वह रोजा को कम इफ़्तार को ज़्यादा समझते हैं

पढ़े लिखे लोग भी अब होते जा रहे हैं प्रौढ़ साक्षर
किताब नहीं अख़बार नहीं स्लोगन समझते हैं

हैं कुछ लोग हर खेमे में अपने अपने कुएं में कैद
तथ्य और सत्य कम विचारधारा ज़्यादा समझते हैं

इन दिनों फैशन नया चला है सेना को गरियाने का

अभिव्यक्ति की हवा चली है मौसम है बतियाने का
इन दिनों फैशन नया चला है सेना को गरियाने का

सेना में दाल नहीं गलती कमिश्नरी वहां नहीं चलती
सेना से डरते हैं सो मकसद है सेना को भटकाने का

मित्रों यह साज़िश बहुत बड़ी है विदेशी फंडिंग की
सेना बलात्कारी बहुत बड़ी ऐसा माहौल बनाने का

सिस्टम नहीं देश तोड़ना मकसद तो उन का साफ है
बिलकुल यही सही मौका है फासिस्टों को दौड़ाने का

अभी असहिष्णुता की आंधी आई थी वह पिट कर चली गई
सेना बलात्कारी है उन का एजेंडा है यही ढोल पिटवाने का

आजादी का पापड़ खा कर वह बकर बकर बतियाते हैं
लेकिन डर बहुत लगता है उन को भीड़ में पिट जाने का

देशद्रोही नारों ने उन को बेमकसद बना पिटवा दिया
नशा भी उन का यह नया नया है अपनी देह तुड़वाने का

कभी उन को देखिए कभी उन का शौक उन की हसरत भी
श्रद्धांजलि सभा में सेल्फ़ी ले कर फेसबुक पर चिपकाने का

अब आजादी के ढोल की होड़ व शोर देखिए इन विद्वानों में
अफजल याकूब व इशरत जैसे गद्दारों को शहीद बतलाने का

देश बांटना समाज तोड़ना जहरीली बातों और कुतर्कों में जीना
इन का मक़सद सिर्फ़ और सिर्फ़ एक है देश को झुलसाने का

वह क्या जानें सेना की ताकत सेना की छांव सेना का ममत्व
सेना है तो हमारी आन बान शान है समय है यह बतलाने का

सरहद से घर की विपदा तक वह मां की तरह खड़े मिलते हैं
जाति धर्म के खांचे से ऊपर उनका धर्म है सब को बचाने का

हम बहुत रश्क से जावेद अख्तर अनुपम खेर देखते हैं

बदलती दुनिया में कभी अंधेर तो कभी सबेर देखते हैं
हम बहुत रश्क से जावेद अख्तर अनुपम खेर देखते हैं

वह फिल्मी हो कर भी ज़मीन भावना और सच देखते हैं
लेकिन यह लेखक हैं आकाश नफरत और छल देखते हैं

असहिष्णुता अफजल कन्हैया ओवैसी आते जाते रहते
लेकिन हमारे लेखक अपने ही कुतर्क का ढेर देखते हैं

अजब है यह संकट भी वह अपने से हर असहमत में
वैचारिकी का चश्मा लगा संघी होने का फरेब देखते हैं

इन की शब्दावली में एक शब्द फासिस्ट भी आता है
अपने ड्राइंगरूम में बैठ अफजल को शहीद देखते हैं

कोई इन को पढ़ता नहीं है यह खुद को पढ़ते रहते हैं
नफरत की गोद में बैठ यह तो झूठ की रेल देखते हैं

जहाज में बैठ कर यह क्रांति का सुनहरा सपना दिखाते
भूल जाते हैं जीवन हरदम हिप्पोक्रेसी की जेल देखते हैं

मुस्लिम दलित में जहर भर उन से यारी करते कराते
एनजीओ संगठनों के चंदे से भरी अपनी जेब देखते हैं

समय कभी सदा एक सा नहीं रहता बदलता रहता है
दु:ख हो सुख हो सब गुज़र जाता महात्मा बुद्ध कहते हैं

www.ingramcontent.com/pod-product-compliance
Lightning Source LLC
LaVergne TN
LVHW010936051026
849532LV00003B/1001
* 9 7 8 9 3 9 0 4 1 0 0 2 6 *